O OITAVO SELO

HELOISA SEIXAS

O oitavo selo

Quase romance

COMPANHIA DAS LETRAS

Copyright © 2025 by Heloisa Seixas

Grafia atualizada segundo o Acordo Ortográfico da Língua Portuguesa de 1990, que entrou em vigor no Brasil em 2009.

Capa e foto
Milena Galli

Preparação
Ciça Caropreso

Revisão
Ana Maria Barbosa
Gabriele Fernandes

Dados Internacionais de Catalogação na Publicação (CIP)
(Câmara Brasileira do Livro, SP, Brasil)

Seixas, Heloisa
   O oitavo selo : Quase romance / Heloisa Seixas. — 1ª ed. — São Paulo : Companhia das Letras, 2025.

ISBN 978-85-359-3951-4

1. Ficção brasileira I. Título.

24-231255   CDD-B869.3

Índice para catálogo sistemático:
1. Ficção : Literatura brasileira   B869.3

Cibele Maria Dias – Bibliotecária – CRB-8/9427

Todos os direitos desta edição reservados à
EDITORA SCHWARCZ S.A.
Rua Bandeira Paulista, 702, cj. 32
04532-002 — São Paulo — SP
Telefone: (11) 3707-3500
www.companhiadasletras.com.br
www.blogdacompanhia.com.br
facebook.com/companhiadasletras
instagram.com/companhiadasletras
x.com/cialetras

*Para Carlos Heitor Cony,
esta quase memória*

Sumário

O OITAVO SELO, 9
PRIMEIRO SELO: Sangue, 17
SEGUNDO SELO: Nariz, 33
TERCEIRO SELO: Fígado, 55
QUARTO SELO: Língua, 93
QUINTO SELO: Coração, 121
SEXTO SELO: Sexo, 139
SÉTIMO SELO: Cérebro, 161

Era um quarto escuro. Pequeno, escuro, frio — mas um quarto. Não era desses boxes separados por cortinas de náilon, como costumam ser os cubículos de uma UTI. Era um quarto de verdade. Além de chão e teto, tinha quatro paredes de alvenaria, uma porta e uma janela, esta última vedada, com vidros pintados.

Dentro desse quarto, havia a luz irreal dos sonhos e das salas de exame, essa luminosidade que emana dos aparelhos medidores de corpos, máquinas que soltam bipes e emitem luzes em forma de números, letras, gráficos, linhas.

E ali estavam elas, as luzes, subindo e descendo, atravessando a tela de fora a fora, desaparecendo e reaparecendo no início, em um movimento repetitivo que trazia a inquietação dos sismógrafos durante um terremoto.

A mulher olhava, seus olhos caminhavam com a linha saltitante, acompanhando-a até a extremidade e depois voltando, com muita atenção, em um jogo de tênis digital e minimalista. Fora os bipes e zumbidos emitidos pelos aparelhos, o quarto estava em silêncio, havia apenas um ressonar bem leve, estável, sinal de que o homem adormecera. Mas a mulher não ia olhar para ele agora. Tinha o olhar preso àquela tela hipnótica, seguindo a linha que ia ao final e voltava, em permanente recomeço, pequena cobra esverdeada subindo e descendo, percorrendo as areias de um deserto negro.

De repente, houve um escorregão. O olhar da mulher resvalou, foi além, desprendeu-se da tela iluminada, mergulhou no ambiente escuro do quarto em direção a uma das paredes, à direita, a parede oposta à janela vedada, e fixou-se ali.

Nessa parede havia um quadro.

Ela não esperava encontrar um quadro na parede de um cubículo de UTI. Naquele ambiente ascético, não deveria haver lugar para elementos decorativos, madeira e vidro acumulando poeira e germes. Além do mais, na penumbra, em meio aos sons e às luzes dos aparelhos, quem podia pensar em admirar um quadro?

Mas o quadro estava lá. Estranho que não o tivesse notado antes, nas vinte e quatro horas em que estavam, ambos, encerrados no quarto. *As primeiras vinte e quatro horas são vitais*. Não, a mulher não tinha prestado atenção. Era quase como se, antes, o quadro não estivesse ali.

Chegou mais perto, espremeu os olhos. Uma paisagem verde-escura, de mata fechada, que na penumbra mal se podia divisar não fosse pela linha ondulante do horizonte. Mas seu olhar não ficou preso por muito tempo na tela. Havia no quadro outra característica mais forte. Deu dois passos para trás. Observou a relação do quadro com a parede, com a junção do teto. Então era isso. O quadro estava torto.

Tornou a se aproximar, tocou com a ponta dos dedos na moldura, pressionando de leve, para botar o quadro no lugar. Mas ele resistiu. Não se movia. A mulher tentou de novo, agora com mais força. Nada.

Pegou-o pelas bordas, com as mãos. Tentou mais uma vez.

O quadro estava como que chumbado na parede. Sem dúvida fora pregado assim, torto, e provavelmente com duas buchas, o que tornava impossível a tarefa de colocá-lo na posição certa.

Um quadro torto na parede, para ela, sempre fora uma espécie de tortura. Ainda mais um assim, torto na origem, de forma irremediável. E em um ambiente pequeno, onde seus olhos, agora que o tinham enxergado, saltariam para ele a qualquer momento, o tempo todo. Era uma condenação.

Ou não?

Estranho, mas não sentia a inquietação esperada.

Alguma coisa se formava dentro dela, alguma coisa que a princípio não pôde identificar, mas que não se parecia em nada com o sentimento hostil e ansioso que sempre a assaltava ao olhar um quadro torto na parede. Agora era diferente. Esperou.

O sentimento continuou subindo, tomando corpo. Fixou os olhos no quadro, era dali que vinha, não podia deixar escapar. Era uma sensação muito próxima da euforia. Ao contrário do que esperava, a imperfeição do quadro a deixou feliz. Talvez fosse a sensação de realidade que dele escapava, ela não tinha certeza ainda, mas era como se o mundo exterior, imperfeito — deliciosamente imperfeito —, penetrasse no cubículo através do quadro, inundando o ambiente de uma normalidade perdida. Deixou que aquilo fluísse, se espalhasse. Fechou os olhos.

Era impressionante a força. A sensação, fosse o que fosse, a transformava. Em poucos segundos, o coração se acelerou e a fronte, febril, expulsou através dos poros gotas mínimas de suor — mas como, se aqui dentro está tão frio? A garganta se fechava, a respiração ia acelerando mais e mais. Força, poder, explosão, calor. Umidade. Soltou um gemido sem querer.

O homem acordou. Murmurou alguma coisa.

Ao se virar, a mulher viu, através da penumbra, que ele sorria. O rosto de maxilares largos, a pele azulada pela barba, os lábios grossos, sensuais, entreabertos. Observou tudo. Sorriu também. E caminhou até junto da cama.

Recostado, o homem estava coberto por um lençol fino, que ia da altura do peito, onde escondia em parte os eletrodos e os fios, até o meio das coxas. As pernas estavam de fora e, mesmo com tão pouca luz, a mulher reconheceu seus contornos bem torneados, a panturrilha larga, o costureiro delineando perfeitamente o músculo reto da coxa. Aproximou-se. Passou a mão naquela perna lisa, quase sem pelos, que parecia feita de pedra, um deus de mármore. Nunca em sua vida conhecera uma perna tão dura, tão compacta, tão pesada. Músculos que davam a impressão de ter passado a vida inteira se exercitando, quando a realidade era bem o contrário.

A mão caminhou em direção ao joelho e voltou, para cima e para baixo, devagar, e a mulher ergueu a vista, tornando a olhar para o homem. O sorriso dele se alargava. E ela se lembrou que, por baixo do lençol, o homem estava nu. Só então entendeu a sensação que a assaltara ao olhar para o quadro torto na parede: era desejo.

A mão que estava pousada sobre a perna se ergueu, subiu, alcançou a outra mão, a mão do homem espalmada sobre a lateral da cama. Fez uma carícia. O homem virou a palma para cima. Com dificuldade, os dedos se entrelaçaram, havia fios no caminho, por toda parte. A palma estava quente, seca, a mulher sentiu. Sentiu também o volume da base do polegar dele, aquele ponto carnudo, que passava uma sensação de virilidade e força. Uma amiga sua dizia que os homens que têm a base do polegar assim robusta são mais sensuais. A mulher quase riu alto ao pensar nisso. Talvez tenha rido. Talvez ele tenha ouvido o pensamento dela. Porque, no instante seguinte, mesmo tolhida pelos fios, a mão do homem carregou a da mulher para o centro do seu corpo, para o ponto onde, sob os lençóis, alguma coisa se erguia.

Uma das máquinas soltou um bip mais alto, a mulher se assustou. Tentou puxar a mão, mas o homem a reteve. Continuava sorrindo. Ela relaxou, compreendeu. Acariciou o lençol, branco, macio, tentando adivinhar com a mão os contornos que despontavam ali embaixo, chamando-a, chamando-a. Como se tivesse vontade própria, seu braço mudou de direção e, antes que ela se desse conta do que acontecia, a mão mergulhou embaixo do lençol.

Não olhou mais para o homem, seus olhos agora voltavam à tela negra, onde a serpente esverdeada subia e descia, soltando pequenos gritos. A serpente corria, vencia as areias cada vez com mais rapidez, voltando ao começo e tornando a subir e a descer, a subir e a descer, em ondulações mais e mais altas, desafiando o perigo, *as primeiras vinte e quatro horas são vitais*, pedindo que ela não parasse, enfrentasse o terror com seus movimentos ritmados, loucos, que eram como as batidas do coração. E a mulher se deixou levar, seguiu com a serpente pelo deserto escuro, subindo e descendo, soltando ela própria seus pequenos gritos de pavor e gozo, em um turbilhão de luz e som dentro do qual a vida e a morte tinham um mesmo significado.

E, enquanto o fazia, compreendeu, em um segundo de lucidez, que a salvação não estava só na palavra, como fora para Sherazade. Não, para eles a palavra era parte, não o todo, a palavra era o meio, não o fim, apenas um elemento poderoso, mas não o único, na luta para vencer o medo, afastar a morte — a morte que vinha rondando aquele homem sob diversas roupagens, com tantos diferentes disfarces. Por trás da palavra, haveria sempre uma outra força, pedindo que eles seguissem em frente, que não desistissem nunca. E essa força era o prazer.

PRIMEIRO SELO

Sangue

Anoitecia, era domingo e a casa estava cheia. Os amigos da família sempre apareciam, subiam a escada e iam entrando, o apartamento ficava no primeiro andar. Todo domingo era assim. A porta, apenas encostada, rangia, e esse era o único aviso de que chegava mais alguém. Não havia campainha. Ou, se havia, ninguém se lembrava dela. As pessoas se sentavam na sala e ficavam conversando, ouvindo música. A pizza de sardinha já estava cheirando no forno naquele começo de noite. E o pai, sentado na poltrona perto da porta, tocava violão, cantava marchinhas de Mario Reis.

O menino, sozinho na janela, observava o movimento lá fora. O prédio, pequeno, de três andares, dava para uma rua torta, que terminava na praça da igreja matriz. À esquerda, antigamente, não havia calçamento, apenas um barranco de capim alto e o rio passando lá embaixo. Era ali, naquele canto, que ele e os amigos jogavam futebol. Agora, o campinho improvisado de pelada tinha se transformado em uma construção arredondada, com um letreiro no alto. Era um cinema. O cinema, a rua na frente, a praça e a cidade em volta, tudo pertencia ao menino, ele sentia assim. Ali, lugar pequeno, todos o conheciam e ele, com seus dez anos, andava pelas ruas sozinho, com grande desenvoltura.

Mas, sendo domingo, a cidade àquela hora, à noitinha, estava deserta. Em seu campo de visão que, ao se debruçar, ia de um lado a outro da rua e se estendia até a praça, o menino só enxergava dois homens, mais ninguém, encostados em uma árvore, conversando. Ambos usavam bota e chapéu, como se fossem caubóis, com a diferença de que eram magros, empoeirados, encardidos, sem nada que lembrasse o glamour do cinema.

Logo, porém, duas novas personagens encheram a tela que o menino tinha diante dos olhos, saídas dali de baixo, do próprio prédio onde ele morava. Eram uma menina e sua mãe. Ele as conhecia bem. A menina tinha treze anos e era amiga de sua irmã. Pelos trajes que usavam, as duas estavam indo à missa das seis. Ele, o menino, jamais ia à missa. Nem entrava na igreja, nunca, porque seu pai era maçom, não gostava de padres. Mas nem por isso os católicos deixavam de frequentar a casa dele. Seu pai era um comerciante de prestígio, respeitado, e anos antes ganhara uma fortuna na loteria. Era querido na cidade.

O menino ficou observando enquanto as duas, mãe e filha, atravessavam a rua. A mocinha com um vestido cintado, pernas grossas, tornozelos finos, o andar um pouco incerto, começando a usar saltinho. A mãe de roupa cinza-escura e colar de pérolas. As duas já estavam lá do outro lado, quando a menina se virou e sorriu. Sorriu para ele. Como se soubesse, o tempo todo, que o menino a observava da janela. Ele sorriu de volta, satisfeito. Às vezes se sentia assim, o dono do mundo. Não tinha medo de nada.

Ainda estava com os olhos pregados na garota, quando alguma coisa se partiu atrás dele. Foi uma quebra, uma ruptura, tudo se transformou, e aconteceu em um movimento rápido, único, concentrado, como quando explode uma bomba. Foi um grito, talvez. Uma agitação, alguém chamou o nome de alguém, pessoas acorreram. De repente, ao se virar e olhar para dentro de casa, para a sala do apartamento, o mundo ordenado e feliz, feito de pequenos prazeres, em que nada lhe era negado, nada o agredia, nada o ameaçava, esse mundo perfeito que ele conhecia tão bem estava, em um segundo, maculado. Algo fora prensado nele, como o selo de metal caindo sobre a pasta quente do lacre. A marca ficaria ali para sempre. Nada mais seria como antes depois desse momento, o instante em que alguém gritou, alguém correu — o instante em que pela primeira vez se ouviu, entre aquelas quatro paredes, a palavra sangue.

RUY — Minha irmã, Ana Maria, morreu no dia 10 de maio de 1959. Era um domingo, Dia das Mães. Nós estávamos reunidos na sala do apartamento da rua Barão do Flamengo, no Rio, quando o telefone tocou. Minha tia Nair, dona da casa, foi atender. Era de manhã. Todo mundo na sala ficou em silêncio, como se já soubesse o significado daquela ligação. Nair ouviu o que foi dito do outro lado, quase não falou nada. Quando desligou, olhou para nós e disse: "Ela descansou". Só isso. As pessoas na sala ouviram e concordaram, pareciam já esperar por aquilo. Mas eu não. Eu não acreditei. Também não tinha acreditado quando, dias antes, ouvi tia Nair conversando com a pianista Tia Amélia, que era amiga da família e morava na casa, sobre a situação da minha irmã. Tia Amélia — seu nome artístico, ela tocava choros, tinha um programa de televisão — era espírita, frequentava centros. Certa noite, ouvi-a dizer para a tia Nair que a menina não ia se salvar. Elas não sabiam que eu estava escutando a conversa, não era para eu estar ali naquela hora. Mas, depois do telefonema, a notícia foi ganhando forma, se tornando real. *Minha irmã morreu*. A informação foi chegando aos poucos, até que não tive mais como fugir.

* * *

Em algum momento, o menino escapou. Fugiu, embarcou para um lugar acolhedor, reconhecível, um lugar de prazer. Talvez tenha sido sempre assim, mesmo antes. Talvez esse lugar já existisse. Era um amontoado de lembranças, ele não saberia decodificá-las, nem era preciso, elas lhe vinham como um todo, aquela gigantesca nebulosa, poeira de estrelas, uma espiral se movendo no vazio de um universo primordial e eterno. Todas as vezes que fechava os olhos, no momento de dormir, sentia aquilo. Tinha calor e sons e cheiros, tinha textura, era palpável. Seios macios de mulher, bicos túmidos, uma pele muito clara, muito lisa. Um cheiro adocicado, um murmúrio, um sorriso. Beijos. Um turbilhão de beijos de batom, enquanto ele era passeado pela praça, pela cidade, nos braços das mulheres, sempre as mulheres. Alguém que lhe falava baixinho, que lhe contava histórias, vozes, diferentes vozes, mas sempre vozes femininas, ora cantarolando, ora dando risadas, revelando segredos e pecados, mas sem qualquer culpa, trazendo apenas sorrisos. Pecados permitidos. *A casa estava cheia de mulheres, muitas mulheres. E até uma tia que a família supunha morta e enterrada viera farejar, na sobrinha, a felicidade que a vida lhe negara.* Pecados divertidos. Ele ria, a mãe ria, as amigas, todo mundo ria. Histórias. Contos contados em voz alta, sempre uma voz de mulher, a possibilidade de viajar para muito longe, todos os dias, todas as noites, mil e uma noites.

RUY — Ana Maria acordou no meio da noite, de madrugada, o quarto escuro. Meus pais estavam lá. Acordou e começou a cantar "Criança feliz", sucesso de Francisco Alves, de um disco que ele tinha gravado pouco antes de morrer. Chico Alves gravou esse disco no Rio, com o coral das crianças da Casa de Lázaro. Tirou uma fotografia ao lado delas. Dias mais tarde, ao voltar para o Rio após um show em São Paulo, morreu na estrada. O disco foi lançado logo depois da morte dele. Essa música foi durante anos um sucesso na vitrola lá de casa, e Ana Maria aprendeu porque meu pai cantava, tocando violão. Mas é impressionante que ela tenha cantado isso em plena agonia, poucas horas antes de morrer. Nunca mais consegui ouvir essa música. Durante muitos anos, também não conseguia ouvir a gravação de Tia Amélia tocando "Chora, coração", em seu disco *Velhas estampas*. Era a música que ela ensaiava o dia inteiro nessa época, no piano da minha tia Nair. Fiquei ali, no apartamento da rua Barão do Flamengo, durante meses, muitos meses, todo o tempo em que Ana Maria esteve no Hospital dos Servidores do Estado. Ela foi internada no final de 1958, não muito depois da primeira hemorragia, e nunca mais saiu dali. Foram pelo menos cinco meses, entre as duas cirurgias. Eu ia visitar minha irmã uma ou duas vezes por semana. Lembro de ficar na porta do hospital, conversando com meu pai. Era sempre noite e eu via, lá no alto, a igreja da Penha iluminada. Lembro de meu pai contando como tinha sido quando minha irmã acordou da anestesia, na primeira operação. Ela olhou para ele e perguntou: "Papai, o que está acontecendo?". Ela nunca soube, nunca entendeu. Sabia que estava doente, que estava indo para o Rio para se tratar, mas não que ia ser operada. Por isso, quando acordou, toda amarrada, toda cheia de sondas e fios, perguntou: "Papai, o que está acontecendo?". Ele me contava tudo e parecia que eu estava vendo. O quarto escuro, muito escuro. Meu pai sentia como se tivesse cometido uma traição. Ele sempre se sentiu culpado, pelo resto da vida. Achava que ela não teria morrido se não tivesse sido operada uma segunda vez.

Uma tarde ia chover, estava escuro. Ele chamou a menina, amiga de sua irmã, para assistir a um filme. Não era propriamente um filme, eram apenas imagens em sequência na máquina movida a manivela, em um movimento ritmado do braço, da mão, seu cineminha Barlan, era esse o nome da máquina de sonhos, umas coisas bobas, só umas imagens, mas a menina assistia encantada, e era como se ele fosse o dono de um cinema. Não havia cinema nem nada, apenas o quartinho dos fundos, a área interna onde o sol já penetrava com dificuldade e mais ainda naquela tarde de nuvens pesadas. O nome da menina era Vera, Verinha. Ele ia contando a história em voz baixa, como para hipnotizá-la, e via, no escuro, que os olhos da menina brilhavam. Ela sorria, era bonita. Ao final, antes que se acendessem as luzes, antes que a sensação de irrealidade se desmanchasse, ele caminhava até junto dela e exigia o pagamento prometido. Agora estava ainda mais escuro, sem a luz da maquininha, mas ele sabia, podia quase ver, que ela estava sorrindo. Um beijo, muitos beijos, na boca, como nos filmes de verdade. Era isso que ele pedia. E ela dava.

RUY — Eu me inclinei e beijei. O rosto dela estava gelado e tinha um cheiro característico. Nos anos seguintes, muitas vezes, voltei a sentir esse cheiro, mas não sei se era imaginação ou uma coisa real. Naquele dia, o cheiro estava na capela inteira. Lembro também das mãos, das unhas, as unhas amareladas, o rosto muito pálido, cinza. E ela era uma criança tão bonita. Morena, cabelos pretos e cacheados. Tinha nove anos. Meu pai nunca mais foi o mesmo depois do que aconteceu. Ele se transformou em um homem tirânico, me perseguia, queria controlar tudo na minha vida. E chorava, chorava. Minha mãe, não. Nunca vi minha mãe chorar. Talvez ela chorasse escondido.

O menino veio caminhando, da loja até em casa, com o objeto nas mãos. Subiu as escadas e foi para o quarto dos fundos, seu esconderijo. Ali ficava a estante de madeira clara, com portas de vidro, com todos os seus livros. As *aventuras de Sherlock Holmes, Tarzan e o leão de ouro, Alice no País das Maravilhas, Os três mosqueteiros, A marca do Zorro, Arsène Lupin contra Herlock Sholmes* e muitos outros. Era no quartinho que ficava também a mesa com a máquina de escrever, que ele tinha pedido ao pai para comprar. Nessa máquina, o menino batia as fichas técnicas de cada filme a que assistia no cinema em frente à sua casa. Além das fichas técnicas, havia também fichas para cada diretor importante, nas quais ele listava o nome dos filmes e o ano em que tinha sido realizado. Ao lado da máquina, naquele dia, estava a ficha do diretor John Huston, o nome dele batido em letras pretas, acima da lista dos filmes batida em vermelho, que, naquela ficha, começava em 1941, com *Relíquia macabra*, e terminava em 1954, com O *diabo riu por último*.

O menino tinha se apaixonado pelo cinema muito cedo, talvez com quatro ou cinco anos, quando seu pai ainda tinha de ler as legendas para ele. A partir dos sete, começara a ir ao cinema todos os dias. Ia sozinho. Não precisava pagar, porque era amigo de Antônio, o encarregado da projeção. Saía de casa, descia as escadas, atravessava a rua e entrava na construção arredondada com o letreiro em cima. Mas não pela entrada principal, e sim por uma portinha lateral, que ia dar na sala de projeção. Era dali que assistia aos filmes.

Mas o objeto que ele tinha agora nas mãos, e que acabara de levar para o quartinho dos fundos, ia além do cinema. Era um disco. Para assistir a um filme, ele dependia da programação, de Antônio, de muitos fatores e de muita gente. Mas para ouvir um disco, não. Ainda mais esse, que era só seu. Passou a mão na capa do LP de dez polegadas de uma cantora americana. O rosto de mulher olhava para ele, sorrindo. Os olhos azuis, os cabelos louros, a boca rubra, dentes muito claros, um rosto que surgia por trás de um buquê de rosas vermelhas e alaranjadas. Era tudo colorido, não havia sombra nem angústia, incerteza, nada. Um mundo cristalino, feito para alegrar os sentidos, todos os sentidos.

Olhou em torno, satisfeito. Seu espaço de prazer. Entre aquelas quatro paredes, nada de mal poderia lhe acontecer.

HELOISA — Ruy não fala muito no assunto. Eu é que fico pensando: ele era menino, e mais velho. É natural que, aos onze anos, tivesse um sentimento protetor em relação à irmã, dois anos mais nova. Talvez tenha surgido dentro dele a impressão de ter falhado, de não ter conseguido impedir a morte dela, não sei. Ele não fala. Mas, num Dia de Finados, fui com meu pai visitar o túmulo dos meus avós no Cemitério São João Batista, e Ruy me passou um pedaço de papel, que guardo até hoje na carteira. Era o número da sepultura da irmã dele. Fazia cinquenta anos que Ana Maria havia morrido e Ruy nunca tinha ido lá. Eu fui. Subi as escadas que ficam diante da aleia central e vão dar numa igrejinha. Depois, virei à direita e peguei uma escadaria muito íngreme, seguindo as instruções dadas pelo funcionário da administração. Achei o lugar. Fiquei parada diante daquele bloco de granito cinza-escuro sem nenhuma identificação — nenhuma inscrição, nada. Mas eu tinha certeza de que era ali. Passei a mão pela lápide, quente àquela hora, três da tarde de um quase verão no Rio. Não estava chovendo naquele Dia de Finados, como dizem que sempre acontece. O calor da pedra subiu pelos meus dedos. E de repente me lembrei de uma coisa que me fez sorrir: como nasci no Dia de Santa Ana, 26 de julho, minha avó queria que eu me chamasse Ana Maria.

A família sempre teve fascínio por jornais. O pai era assinante do *Correio da Manhã* e de *O Jornal*, além de comprar diariamente a *Tribuna da Imprensa* (ele era fã de Carlos Lacerda) e a

Última Hora (por causa de sua mulher, que gostava de Nelson Rodrigues). Aos domingos, comprava ainda o *Diário de Notícias*. Revistas, também, eram muitas na casa, sempre. *O Cruzeiro, Vida Doméstica, Fon-Fon, Careta*. Páginas e páginas de letras, frases, fotografias, em preto e branco e em cor, em papel-jornal ou brilhante, com seus cabeçalhos rebuscados ou límpidos, opiniões retrógradas ou progressistas, estilo arrojado ou gongórico. E todo esse volume de papel impresso ia se acumulando em algum cômodo da casa, passavam-se meses até que jornais e revistas fossem jogados fora. Mas foi a partir de certo momento da vida — ele não sabia dizer quando — que o menino desenvolveu a mania de selecionar as notícias, recortar as que o interessavam, arrumar em pilhas, em pastas, separar por temas. Tudo ia, também, para o quartinho dos fundos, o quarto dos segredos, dos deleites e beijos.

 O menino olhava para aqueles recortes e era invadido por uma sensação de urgência. Era como se temesse ver o tempo escoar, como se quisesse reter os acontecimentos na materialidade do papel, para que pudesse revisitar cada um deles toda vez que tivesse vontade. Assim, tinha o controle. Podia, talvez, dominar o tempo, da mesma forma como dominava o espaço, ganhando em suas andanças as ruas da cidade pequena. O papel está lá. O papel, se bem guardado, é eterno. O papel vence o esquecimento e a morte.

RUY — Não, não. Naquele dia, quando aconteceu da primeira vez, eu não tinha a menor ideia de nada, ninguém tinha, só sabia que era uma coisa grave. Depois do grito não lembro bem o que aconteceu. Só sei que ela estava brincando e, de repente, vomitou sangue no meio da sala ou no corredor. Ficou uma poça no chão. Eu não vi, mas me contaram. Foi uma correria, alguém saiu para chamar um médico.

Veio o dr. Cimini, um médico conhecido, que morava perto da gente. Ele chegou e foi examinar Ana Maria. Depois, virou-se para meu pai, muito sério, e disse que eram varizes no estômago ou no esôfago. "É muito grave", falou. "Ela precisa ir para um hospital no Rio." Quando ele disse isso, tive uma sensação estranha. Na mesma hora, olhei para baixo e vi meu peito, minha camisa, empapados, o sangue escorrendo. Eu também sangrava.

Havia um ódio dentro do pai, uma raiva represada. De vez em quando explodia. Foi assim no dia em que a mãe gritou que a irmã estava desobedecendo — ela ainda não tinha ficado doente. A mãe gritou, chamou o pai, que estava no andar de baixo, na loja. Por alguma razão, ele explodiu. Quando subiu as escadas, a raiva secreta subiu com ele.

O pai chegou lá em cima e não fez nada na menina. Mas pegou a miniatura da máquina de costura, o brinquedo de que ela mais gostava, um presente que vinha pedindo, desejando, um presente querido, o pai pegou, a menina gritava, chorava, mas ele não quis saber. Pegou a máquina de costura infantil, tão preciosa, e atirou pela janela. Poderia ter ferido alguém, poderia ter matado alguém, como quase aconteceu com seu filho, no dia da morte de Getúlio Vargas. O menino estava com o pai na calçada, quando um maluco atirou pela janela de um segundo andar uma máquina de escrever, daquelas de escritório, e ela se espatifou no chão. Caiu a poucos centímetros do menino, poderia ter matado.

Ao ver o que o pai fizera com sua máquina de costura, a menina gritou e chorou, a raiva subindo de dentro dela também. Mas já não havia como desfazer o feito, porque a raiva, depois de subir as escadas, tinha se esborrachado lá embaixo. O pai pareceu muito calmo de repente. Talvez já estivesse sentindo dentro de si o remorso, a culpa, o embrião de todos os sentimentos que iriam atormentá-lo pelo resto da vida. *Nunca mais, até a morte, ele deixaria de se culpar.* A menina também se calou. Talvez a dor de ver seu brinquedo assim estraçalhado fosse grande demais e pedisse um silêncio. Ela agora chorava baixinho. O menino assistia a tudo de longe, quieto, a mãe também. Eles eram muito parecidos, mãe e filho tinham uma serenidade que às vezes provocava estranhamento. Talvez fosse por isso que ele nunca — nunca — veria a mãe chorar.

RUY — Foi um banho de sangue. Foram muitas crises até a internação no Hospital dos Servidores do Estado. E mesmo depois. Eu ouvia os comentários: "Ana Maria teve outra hemorragia esta noite". Ouvi essa frase várias vezes. Estranho que eu próprio tivesse sangrado naquele primeiro dia. Meu pai ficou desesperado. Mas o dr. Cimini pediu que ele se acalmasse. "Isso que o menino tem não é nada", garantiu. Mandou que eu me sentasse e ficasse olhando para cima, tapando a narina com o polegar. Em poucos minutos, passou — mas que foi estranho, foi. Por que eu poria sangue pelo nariz exatamente quando minha irmã estava tendo uma coisa parecida, só que mil vezes mais grave? Hoje, tantos anos depois, fico imaginando também o que é fazer uma cirurgia no esôfago, a região por onde passa o alimento — o sofrimento que isso deve ter significado. Ela não podia comer. Já era tão magrinha — e não podia comer.

Lá estava ela, no canto do quarto, recostada nos travesseiros. A cama fora coberta por uma colcha de retalhos, toda trabalhada, dezenas de quadrados contendo diferentes bordados em relevo, formando paisagens, brinquedos, flores. E era sobre essa colcha colorida que ela estava, com seu vestido branco, de babados, mangas bufantes, com sua pele rosa. Era uma nódoa clara na penumbra do quarto, pois entardecia, e as janelas estavam fechadas para evitar que entrassem mosquitos. Com os olhos semicerrados, parecia dormir. Parecia uma menina de verdade.

O menino se aproximou devagar. Não havia mais ninguém no quarto e ele podia fazer o que quisesse. Pegou-a pelos braços e puxou, como se tentasse botá-la na posição sentada. Ela abriu os olhos e soltou um som. Um som já meio rouco, meio gasto, mas que ainda poderia ser entendido como "Mamãe!".

O menino saiu correndo, mas, da porta, ainda olhou para trás. Ela continuava lá, sentada na cama, os olhos muito abertos. Ela viveria ali, naquele mesmo lugar, durante anos ainda. A boneca Amiguinha, quase em tamanho natural — a boneca que tinha pertencido à sua irmã.

Ele ia a toda a velocidade pela rua de paralelepípedos, já quase escura, onde ficavam os armazéns. O ar estava impregnado pelo cheiro dos grãos de café. Sentia o calor do selim entre as coxas, apertadas para manter a bicicleta firme, agora que ele pedalava sem as mãos. Era uma sensação boa essa, de desafiar o perigo, maior ainda na hora de atravessar a ponte estreita. Gostava disso, de passar à beira do precipício, de ter a possibilidade de cair e não cair, de vencer o medo, o ferimento, a morte. A morte. Será que sua irmã ia morrer na mesa de operação? Não ia, tinha certeza de que não ia, mas e se morresse? Ele não tinha como controlar isso, não podia fazer nada. No futuro ele entenderia: se a morte fosse um homem, ele faria como Max von Sydow e a desafiaria para uma partida de xadrez, como em um filme que, muito depois, ele assistiria no Paissandu, *O sétimo selo*, de Ingmar Bergman. A história do cavaleiro que volta das Cruzadas e encontra seu país devastado pela peste negra. No momento em que ele se revolta com Deus, a Morte aparece, dizendo que chegou sua hora. O cavaleiro, então, propõe a partida de xadrez, para ganhar tempo. Para tentar enganar a Morte.

O coração do menino dá um salto, ele sente o pneu da bicicleta derrapar na terra lisa. As mãos, cruzadas atrás da nuca, descem em direção ao guidom, seguram com força. Foi só um segundo, um susto.

Pedala mais depressa, passa a ponte. Aqui está menos escuro, há casas iluminadas, mas a rua também é deserta. Está quase na hora do jantar. O menino está com fome, o estômago vazio. É de repente invadido por uma sensação de poder, como se suas células estivessem embebidas de uma força vital inescrutável. Morte, vida. Desejo.

Alguma coisa dentro dele reage, se rebela. Sente o sexo enrijecer enquanto pedala cada vez mais rápido. Revê mentalmente o sorriso da mulher loura na capa do disco, a boca vermelha surgindo por trás das rosas. Pensa nela em *Ama-me ou esquece-me*, o filme em que ela faz o papel de uma cantora de jazz, na cena em que aparece com um vestido comprido azul, aberto na lateral até o alto da coxa, aquelas coxas grossas, gostosas, a cinturinha fina, o corpo perfeito, e ele não precisa tirar as mãos do guidom para saber que não há mais volta e que chegou ao ponto de explosão, a umidade entre as pernas queimando, escorrendo, e o vento gelado no rosto fazendo a boca se abrir em um sorriso de prazer.

RUY — **Três dias depois da morte de Ana Maria, Brasil e Inglaterra jogaram no Maracanã. Era a primeira partida que a Seleção fazia no Brasil depois de ser campeã mundial na Suécia, em 1958. Eu vi pela televisão. Era a transmissão inaugural da TV Continental. O jogo foi narrado pelo Waldir Amaral. Esse foi o jogo da célebre vaia no Julinho — os torcedores estavam revoltados porque o Garrincha** não ia jogar. Julinho entrou sob aquela vaia maciça, que mal deixava ouvir o apito do juiz. Entrou e, aos sete minutos, fez um gol. O Maracanã parou de vaiar e começou a aplaudir Julinho. Cento e vinte mil pessoas, num gesto de grandeza, aplaudiam toda vez que ele pegava na bola. Mas não adiantou. Décadas depois, Julinho ainda dava entrevistas dizendo que nunca ia esquecer aquela vaia. Meu pai também foi assim — nunca esqueceu.

Era estranho, para o menino, pensar que a irmã estava morta e que, ao mesmo tempo, o Brasil estava em campo, com Pelé, Didi, Zagallo. O mundo existia e era colorido e alegre, um mundo como uma expansão das peladas que ele jogava no campinho, um mundo em que vestia a camisa do Flamengo — com um número 10 às costas, o 10 de Dida — e andava de bicicleta, onde havia uma estante cheia de livros e gibis, um cinema na porta de casa para assistir a um filme por dia, os filmes sérios, sobre os quais escrevia à máquina nas fichas, e também os seriados, *Os perigos de Nyoka*, *A adaga de Salomão*, *O chicote do Zorro*, *Os tambores de Fu Manchu*. Um mundo, sobretudo, em que havia música, os velhos 78 rpm e os novos LPs, de dez e doze polegadas, sempre rodando na vitrola da sala, Chico Alves, Orlando Silva, Harry James, Glenn Miller, Doris Day, Frank Sinatra, girando, criando uma carapaça de felicidade que existiria de qualquer forma, mesmo que ele não quisesse, mesmo que resistisse. Mas o menino não resistia. Ele se entregava. E sabia que enquanto aquele escudo de beleza estivesse em torno dele, como um super-herói dos quadrinhos, nenhum mal poderia lhe acontecer. Não precisava ter medo de nada.

SEGUNDO SELO

Nariz

Ele abriu os olhos e sentiu três coisas ao mesmo tempo. A primeira foi a dureza do chão, nas costas, sob o colchonete — mas essa foi uma percepção mínima, que desapareceu em um segundo.

A segunda foi o som, a música que entrava pela janela, que devia estar tocando em algum rádio da vizinhança.

Abri a porta
Apareci
A mais bonita
Sorriu pra mim

E a terceira foi um sentimento avassalador de liberdade, que o invadiu e tomou tudo, sobrepujando os dois primeiros ou compondo talvez com eles uma trilogia que marcaria sua nova vida.

Estava com trinta e dois anos e tinha saído de casa na noite anterior. Ao chegar do trabalho, as malas estavam junto da porta, no hall de entrada, esperando por ele. Ao vê-las, vacilou. Mas depois viu que era isto mesmo: depois de dez anos, o casamento estava acabado. Quase não houve discussão, tudo o que havia para dizer já estava dito. Ele pegou as duas malas — contendo algumas peças de roupa, alguns discos e livros, uma garrafa de vodca — e foi embora.

Foi para a casa de um amigo que estava solteiro, recém-separado também. Era uma coisa já mais ou menos combinada. Ficaria lá por alguns dias até se ajeitar, pensar o que fazer. O amigo tinha um quartinho de hóspedes, quase nu, sem cama, mas com um colchonete no chão.

À noite, depois de beber quatro ou cinco doses de vodca conversando com o amigo na sala, ainda teve um sentimento estranho, de inadequação, ao se deitar. Ficou olhando para o teto, os olhos abertos no escuro, o corpo esticado, os pés e as mãos de vez em quando encostando no chão de tacos. Mas, ao acordar no dia seguinte, a sensação já era completamente outra, uma alegria desmesurada, euforia, onipotência.

— Presta atenção no que eu estou dizendo: ele vai morrer antes dos trinta e seis anos. E vai ser de droga — disse a mulher, muito séria, com seu leve sotaque espanholado. Era chilena.

O amigo que tinha acabado de ouvir a profecia soltou uma gargalhada.

— Que história é essa, Madalena? Ele não usa droga! Só bebe.
— Mas vai usar. Vai usar e morrer.
— Que nada! — insistiu o amigo. — O negócio dele é vodca. E aquavit, que ele aprendeu a beber aqui.

Ao falar, fez um gesto amplo, como se mostrasse para a mulher aquele lugar que era seu, o lugar de que tanto se orgulhava. Estavam os dois sentados em uma das mesas do restaurante dinamarquês, em uma esquina do Leblon. A casa antiga, com detalhes em pedra nos muros e o telhado em duas águas, ostentava no alto o letreiro recortado em madeira, uma placa em preto, branco e vermelho. O dono tinha inventado tudo ali, a decoração, os sanduíches abertos, os drinques. Até o *smørgåsbord* era feito à sua maneira, com detalhes que ele criara. A casa era um sucesso.

A mulher que estava com ele era um pouco mais velha, de cabelos castanhos e pele muito branca, com um rosto que já tinha sido bonito. Era cantora, mas tinha fascínio por astrologia e costumava fazer o mapa astral dos amigos.

— Eu não estou brincando — advertiu, séria. — Você precisa avisar, senão ele vai morrer.

Como se diz a alguém para parar de fazer uma coisa que ele não faz?

RUY — A primeira vez que cheirei cocaína foi em 1978. Tinha trinta anos. Nessa época, ainda estava casado, morando de novo no Rio depois de três anos trabalhando em Portugal. O clima político no Brasil era pesado, isso foi antes da Anistia. E eu vivia um momento pessoal meio depressivo, sem rumo. Fui à casa de um amigo, o apartamento cheio de gente. Nessa época eu ia muito lá. Era uma loucura o lugar, um entra e sai, uma agitação, música alta, muita gente falando ao mesmo tempo, sempre um cheiro forte de maconha no ar. Mas naquela noite tinha aparecido outra droga. Alguém me ofereceu. Segurei a caneta Bic sem a carga, tapei o buraquinho lateral com a ponta do dedo e me aproximei do pó branco esticado em cima da mesa. Fui aspirando, de baixo para cima, com firmeza, até que o tampo de vidro ficasse limpo. E depois esperei. Mas não senti nada.

Primeiro ele sentiu o toque, de leve. Era uma mesa grande, ruidosa, com dez ou doze homens e mulheres, perto da entrada. Pensou que talvez fosse por acaso. Mas logo aconteceu de novo, agora de forma mais acintosa. Ela conversava animadamente, olhando em outra direção, não parecia perceber a presença dele, mas o toque, por baixo da mesa, não podia ser casual. Olhou para ela outra vez. Era uma moça bonita, de cabelos lisos, castanhos, quase negros, descendo abaixo dos ombros. Pele morena, belas pernas. Andava sempre de minissaia. *Sabe que é gostosa.* Era namorada do amigo dele. Mas agora, outra vez, a perna encostando na sua. Não tinha mais a menor dúvida, ela estava fazendo de propósito.

Alisou o copo alto, de cima para baixo, sentindo a superfície gelada, suada. O copo de vodca estava pela metade. As duas pedras de gelo já tinham derretido. Bebeu o resto, de um gole, o líquido transparente desceu pela garganta com um leve ardor. Apagou o cigarro e se levantou, caminhando na direção do banheiro.

Abriu a cortina azul-marinho, em dois panos, com caracteres japoneses desenhados, e penetrou no corredor que ia dar nos toaletes. À direita, o aquário de quase dois metros de comprimento, com seus peixinhos coloridos, dividia o corredor do salão. Através da água, por entre as algas sinuosas, deu uma última espiada na mesa dos amigos, lá do outro lado. Ela estava olhando para ele.

Entrou no banheiro e apalpou o bolso de trás do jeans. Tirou a carteira e pegou o papelote, enfiado atrás do cartão de crédito. Depois de trancar a porta do banheiro por dentro, escolheu o canto da superfície de granito polido que estava mais seco e despejou o pó com todo cuidado. Enrolou a nota, quase virgem, a nota de um rublo que tinha ganhado de um amigo e que guardava só para isso. Cheirou.

Ao destrancar a porta, a carteira já de volta ao bolso de trás, sentiu o coração martelando na jugular, o sangue pulsando com força, inundando todos os dutos. A sensação de poder. E, botando no braço um pouco mais de força do que o necessário, abriu a porta. Quase esbarrou nela, que estava ali, na sua frente, com a mão na maçaneta do toalete feminino. Quando ela se virou, os cabelos negros ondularam. Tão perto, que ele sentiu o perfume.

RUY — Mas na segunda vez foi diferente — *bateu*. Deu uma sensação de grande lucidez, de força física, onipotência, a ilusão de que se é capaz de tudo, ou quase. E eu disse para mim mesmo: *Era isso que eu queria dizer!* A cocaína movia montanhas de conhecimento e percepção, ou era o que parecia. Então, de repente, comecei a notar: jornalistas, escritores, publicitários, astros de televisão, músicos, médicos, até jogadores de futebol — todo mundo que eu conhecia estava usando. Todo mundo do meu meio, claro.

— A Madalena disse que você vai morrer.
— Como é que é?
— A Madalena. Ela disse que você vai morrer com trinta e seis anos. De overdose.
— E de onde ela tirou isso?
— Lembra que um dia ela fez o seu mapa astral?
— E eu por acaso acredito em mapa astral?
— É, mas depois ela veio conversar comigo, toda séria. Parecia preocupada.
— Isso faz um tempão!
— É, mas na época você não cheirava. Eu nem falei nada para você, achei que era maluquice dela.
— É claro que é maluquice. Uma vez ela me disse que transou com um espírito. A Madalena é chegada a um papo com o além...
— Bom, como você agora está curtindo pó, achei que não custava nada contar. Ela pediu que eu lhe avisasse. Então estou

37

falando. E acho bom você ir aproveitando bem a vida... Você está com quantos anos?
— Trinta e três.
— Pois é. Ela falou que você vai morrer com trinta e seis.
— *Bullshit...*
— Claro que é. Vai de aquavit?

A música que estava tocando a toda altura era "Camarillo brillo", de Frank Zappa. Dava para ouvir lá de baixo, da entrada da galeria. Continuaram subindo as escadas, o escritório da marchand era no segundo andar. Os dois riam de uma frase que o homem tinha acabado de dizer, alguma coisa sobre a obra de arte contemporânea no salão principal, feita com umas estrelas de arame farpado que lembravam moscas. A amiga, que às vezes era também namorada, adorava arte contemporânea, mas gostava mais ainda das tiradas dele.

Chegaram ao hall de cima, com o chão de parquê antigo, desenhado, e empurraram uma porta, que estava só encostada. Era de lá que vinha o som. Havia muita gente, pelo menos umas dez pessoas. Era uma saleta, onde funcionava o escritório da galeria, mas, com a música alta e as risadas, parecia a sala de alguém que estivesse dando uma festa.

A marchand veio recebê-los sorrindo e, depois dos cumprimentos, fez um sinal com o rosto, apontando a mesa de trabalho. Era uma mesa grande, retangular, e bem no centro dela havia um espelho. Um homem louro, de rabo de cavalo e sotaque baiano, que estava encostado na mesa, olhou para eles e foi logo oferecendo a droga. Os dois se aproximaram. Ele fez sinal para que a mulher fosse primeiro. O homem de rabo de cavalo abriu um pequeno estojo e tirou de lá um canudo transparente de cristal, que entregou a ela.

Na sua vez, ele pediu ao homem de rabo de cavalo que espichasse duas carreiras, uma ao lado da outra. O sujeito obedeceu. Com lentidão e firmeza, sugou o pó branco através do canudo de cristal, fazendo desaparecer o primeiro daqueles dois caminhos, as duas paralelas de pequeníssimos grãos. Quando terminou, fechou por um segundo os olhos. Nesse instante, ouviu-se um barulho na varanda. Todos na sala voltaram seus olhares para lá.

A porta francesa, de vidro e venezianas, que dava para a pequena varanda, se abriu e entrou por ela um rapaz alto e forte, um estranho, as feições grossas acentuadas pelas maçãs do rosto, que pareciam querer furar a pele acobreada. Estava vestido com um macacão surrado, de cor indefinida, e segurava um instrumento em uma das mãos. Depois de vacilar por um segundo sob o arco da porta, entrou e atravessou a sala. A marchand fez um sinal geral de que estava tudo bem. Todos compreenderam. Era um operário. Tinham visto uma movimentação na galeria, havia obras sendo feitas por ali. E ninguém se importou com a presença do estranho.

O homem, com o canudo de cristal na mão, também deu de ombros. E recomeçou o caminho, sugando a segunda carreira, com o operário ainda na sala. As classes trabalhadoras estavam aprendendo a conviver com as idiossincrasias das elites. E não era só ele o prepotente. Ali, ninguém tinha medo de nada.

O mesmo braço que acabara de empunhar a maçaneta com força excessiva agora se estendeu à frente — e puxou. Puxou pela cintura e ela veio, sem qualquer resistência ou surpresa. Sorria. Por um segundo, a canção atravessou o pensamento dele.

Abri a porta
Apareci

A mais bonita
Sorriu pra mim

No segundo seguinte, enquanto com a mão direita ele sentia o contorno da cintura, a esquerda mergulhava nos cabelos, procurava a nuca da mulher, sua superfície macia. A agitação dos fios fez exalar mais perfume, era um cheiro bom, cítrico. O toque na nuca teve também outro efeito, a cabeça dela pendeu para trás, a boca se entreabriu e eles se beijaram. Estavam no corredor, diante do aquário. Se alguém olhasse através do vidro e da água, de qualquer ponto do restaurante, veria aquele beijo. Mas eles não pareciam se importar. Nada parecia importar. A partir daquele beijo, tudo era permitido.

Sem que as bocas se descolassem, ele empurrou a mulher contra a parede e sua mão direita desceu em direção à coxa dela. Estava quente. Macia como a nuca, com uma penugem gostosa ao toque. A mão deslizou, subiu, venceu a bainha da saia, a saia tão curta, fácil de ser transposta, e penetrou no ponto em que deveria estar a calcinha. Mas ali não havia nada.

O homem afastou o rosto, olhou para a mulher. O sorriso dela se ampliou. Ela já sabia. Ela planejou tudo. *A mulher sempre sabe.*

Ele tornou a abrir a porta do banheiro dos homens e entrou com ela, se trancando lá dentro. Mãos e bocas se movimentavam agora com mais urgência, naquela busca mútua, de minutos contados. Todos os caminhos eram curtos, nem um segundo podia ser perdido. Ele cravou as costas dela contra a porta, o beijo que antes era louco se transformou em guerra, línguas se cruzando, dentes como armas, mãos de precipício, e ele a pegou por baixo, pelas ancas, a mão esquerda da mulher buscou o granito da pia, a mesma pedra que há pouco recebera o pó, para que ela, com um impulso, descesse sobre ele, nele se cravasse. O prazer foi instantâneo, o grito engolido, homem e mulher desfeitos em um gozo tão profundo e tão brutal, que os dois sentiram como se fossem ficar amalgamados para sempre, condenados ao abraço mortal como dois cães de rua, sugados um para dentro do outro, perdidos, tornados pedra também, como o granito que os sustentava, presos dentro daquele prazer absoluto e sem espaços, que era como a explosão do universo ao nascer, ele inteiro, seus vãos e estrelas condensados em um único grão primordial.

Prazer, perigo.
Quando o carro passou a toda a velocidade pela pista da Lagoa, os fogos explodiram em série, como tiros de metralhadora. A Brasília branca, fazendo um barulho de escapamento aberto, devia estar a mais de oitenta quilômetros por hora. O rádio do carro tocava "Spirits in the material world", e o balanço meio reggae do Police ia na contramão daquele frenesi. Os dois homens tinham pressa.

— Será que vai dar tempo?
— Se não der, azeite. Passamos o Ano-Novo na favela.
Eles riram.
— Podíamos fazer a festa lá mesmo.
— E com o dinheiro da Rê.
— Você já fez isso?
— O quê?
— Dar uma volta em alguém?
— Já.
— Em quem?
— Numa namorada. Ela me deu dinheiro para comprar, eu comprei para mim e para ela, mas naquela noite ela não apareceu, não sei por quê. Aí, eu cheirei a parte dela.
...

— Depois fiquei pensando. A droga era mais importante do que a namorada. Do que o escrúpulo.

— É do jogo.

— Você sabe direito onde é?

— Sei, já fui lá várias vezes. É em Vaz Lobo, quase Madureira.

A boca do túnel Rebouças apareceu ao final do aclive. O homem acelerou. Quando o carro ia entrar no túnel, outra metralhadora de fogos, mais longa e mais furiosa do que a anterior, explodiu, deixando para trás, na Lagoa, um rastro de fumaça e mau agouro.

RUY — Subir o morro, entrar em uma ruela de Madureira atrás de um traficante na noite de Ano-Novo, tudo isso eu sabia que era perigoso. Também sabia que era perigoso quando o coração batia forte, como se quisesse explodir. Mas eu não tinha medo. Desafiar a sorte e a morte era parte da história. E, na ida a Madureira, quase fiquei decepcionado, porque a pessoa que nos vendeu o pó era uma senhora com varizes, como as vizinhas gordas e patuscas do Nelson Rodrigues.

O homem segurou a concha e mergulhou na pasta escura que enchia a terrina até a boca.

C'est la merde, pensou, rindo, lembrando-se da frase dita por Sartre ao espiar uma panela de feijoada.

Mas a pasta escura que vinha agora, no bojo da concha, em direção a seu prato, não era feijão. Era mais do que isso, era sarapatel. Miúdos de porco boiando em sangue de porco. Nada mais repulsivo, no julgamento de alguns, ou mais delicioso, no de outros. Era o caso dele. Adorava sarapatel. Adorava pele de porco, rins, língua, bochecha, feijoada com orelha e rabo, maniçoba, eisbein, pés e asas de galinha. Tudo o que muitos consideravam nojento, ele gostava.

— Comida de macho — disse a namorada, quando ele se sentou ao lado dela no sofá.

— Você não vai comer?

— Vou. Vou provar um pouquinho.

— Está bom à beça.

— É, eu sei que é gostoso, mas quando penso me dá aflição.

— Come.

— Vou comer.

A moça se levantou e saiu andando. Em seu caminhar, quase dançava. Na sala, a toda altura, ouvia-se a voz falada de Júlio Barroso, Gang 90 & Absurdettes. *São três horas da manhã, você me liga.* Enquanto a garota se servia, o homem ficou reparando na bunda dela, enfiada em um jeans apertadíssimo. Ela vestia uma camiseta branca de manguinhas curtas, e o cabelo encaracolado, castanho-claro, estava preso em um rabo de cavalo. *Gostosa*, ele pensou. Talvez tão gostosa quanto esse sarapatel.

A moça voltou para junto dele e se sentou, com o prato na mão. Havia só um pouco de arroz e um caldinho de sarapatel por cima, não mais do que uma colher de sopa. O homem olhou aquilo e riu.

— Acho que vou ser obrigado a comer por você — disse.

Levantou-se e foi se servir outra vez. Quando tornou a se sentar no sofá, a moça arregalou os olhos.

— Nossa! Tudo isso? Como você tem coragem?

Ele olhou o próprio prato com volúpia.

— Se é para fazer alguma coisa, a gente tem de fazer direito.

Enquanto enfiava na boca uma nova garfada, o cheiro adocicado do sarapatel penetrou em suas narinas, um cheiro de vísceras, um cheiro de sangue. No mesmo instante, o homem pensou que o ato de comer aquilo tinha qualquer coisa de sensual e selvagem. Era uma transgressão, um desafio. Mas seria mais ainda se...

A mão direita dele, que segurava o garfo, abandonou o talher e pousou sobre a coxa da moça, envelopada no jeans.

— Sabe o que nós vamos fazer quando eu acabar de comer este sarapatel?

A moça olhou para ele, um sorrisinho no canto da boca.

— Vamos lá dentro cheirar uma.

Ele fez que sim com a cabeça. E, rindo também, completou:

— Mas vamos fazer isso na cama.

Prazer. Perigo. Morte.

RUY — Eu comprava três gramas de cada vez. Tinha uma caixinha branca, redonda, com um coração pintado na tampa, que apelidei de "guarda-pó" (*risos*). Fácil de levar no bolsinho caça-níqueis. Durante um tempo, três gramas davam para dois dias. Mas depois a coisa se acelerou. Eu frequentava o apartamento de um casal amigo no Jardim Botânico — era um lugar inteiramente dedicado à droga. Tudo ali funcionava em torno da droga. Nunca vi aquela mesa usada para comer. Sobre ela havia, permanentemente, grandes espelhos com inscrições de Coca-Cola, Jack Daniel's, só que com o design adaptado à cocaína. E era muita cocaína, o tempo inteiro. A quantidade de pó era tão monumental que, a partir de certa hora, ninguém aguentava mais cheirar. Digo, o nariz não aguentava. E aí, se aparecesse alguém na sala com uma seringa, acho que eu me aplicaria. Mas não aconteceu.

O homem acordou e olhou para o lado. Suspirou ao ver que havia um volume sob o lençol, na sua cama. A namorada tinha dormido lá. As mulheres adoram dormir na casa dos homens. Adoram também levar a escova de dentes e botar no armário, pendurar calcinha no boxe, fazer compras no supermercado e encher a geladeira do namorado, comprar um cobertor novo porque o dele está furado.

Esfregou a cabeça, passou a mão na nuca. Uma sensação estranha. Tateou a mesinha de cabeceira e encontrou o maço de Marlboro. Sacudiu. Estava quase vazio. Depositou o maço vermelho e branco sobre o peito e esticou mais o braço, em busca do isqueiro, um retângulo prateado cuja tampa se abria com um clique. Acendeu o cigarro e soltou a fumaça para cima, em um movimento lento, tentando formar um anel no ar.

Com o cigarro entre os dedos, se levantou e foi até o banheiro, onde se olhou no espelho acima da pia. A cara até que estava boa. Mas o corpo parecia um tanto anestesiado. Ou, não, não era anestesiado, era como se estivesse impregnado, como se alguma coisa além de sangue corresse sob a pele. Sangue grosso, sangue. Uma coisa pastosa, dificultando o fluxo.

Quando saiu do banheiro, apagou o cigarro no cinzeiro ao lado da cama e foi até a cozinha. Fazia tudo devagar, para não acordar a namorada. Se acordasse, ela ia querer preparar um café, sair para comprar pãozinho, talvez até trazer da rua um buquê de flores, como tinha feito uma vez. Não havia vaso para flores na casa dele, e a garota tinha posto em um copo alto. Assim que ela saiu pela porta, o homem jogou as flores no lixo.

Abriu a geladeira, encheu um copo com leite gelado, botou açúcar e bebeu em dois grandes goles. Encostado na pia, esperou o efeito. Já se sentia melhor.

Foi até a porta, abriu, pegou o jornal no chão e, ali mesmo, começou a ler as manchetes. Quando se virou, viu a namorada sorrindo no meio da sala. Já estava quase vestida e com os cabelos pretos, cortados muito curtos, pingando. Na fração de tempo em que ele se movimentava entre a cozinha e a porta da rua, a garota tinha acordado e tomado banho. Impressionante. Mulheres adoram tomar banho. Mulheres sentem frio nos pés, gostam de vinho branco, usam florais de Bach e acreditam em horóscopo. *A Madalena disse que você vai morrer.*

— Eu vou ter de sair correndo! — disse a namorada. — Tenho que estar na faculdade às dez.

— Legal.

A moça olhou para ele com ar decepcionado.

— Só isso? *Legal*?

— O que é que você quer que eu diga?

— Sei lá. Você está com uma cara estranha...

Enquanto falava, foi até ele, tentou abraçá-lo. Ele se desvencilhou.

— É melhor mesmo você ir logo. Eu preciso trabalhar.

— Você está me botando para fora?

— Mas não foi você mesma quem disse que...

— Uma coisa sou eu dizer que vou embora e outra é você me mandar.

— Ah, querida, não começa...

— Começo, sim! Aliás, ontem eu já devia ter começado!

— Que história é essa de ontem?

— É isso que você está ouvindo! Ontem, aquela festa, aquela gente maluca, eu acho que isso tudo está indo longe demais! Eu nunca vi tanta droga na minha vida! Eu não estou mais aguentando isso, eu...

— Então, por que você não vai embora logo e pronto? Aí não precisa aguentar mais nada.

A garota ficou olhando para ele sem acreditar, a boca entreaberta. No instante seguinte, entrou no quarto e começou a enfiar o resto da roupa. O homem ficou na sala, ouvindo os murmúrios dela. *Parece que está chorando*, pensou.

Sentou-se no sofá e, depois de acender outro cigarro, recomeçou a ler a primeira página do jornal. O mundo ainda estava abalado com a morte de John Lennon. Tinha até o dia seguinte para traduzir e editar a entrevista, feita antes do atentado. Se precisasse, viraria a noite. Sua revista ia sair na frente de todo mundo. *É bom que essa garota vá embora logo. Preciso trabalhar.*

Dali a poucos minutos, ela saiu do quarto e passou por ele, com a cara fechada, sem dizer nada. Abriu a porta e nem se virou.

— Tchau.

— Tchau.

Bateu a porta com toda força e desceu as escadas. Ele ouviu os passos com alívio. Andava mesmo a fim de se livrar dessa menina, ela já estava tomando intimidade demais. Mas então o homem se lembrou. Correu até a janela. Viu a garota atravessando o jardim na entrada do prédio, quase chegando ao portão que dava para a rua. Gritou o nome dela. Ela parou e olhou para cima.

Agora, sim, ele vê que o rosto dela está vermelho, os olhos pisados. Está mesmo chorando. Mas, ao ouvir o chamado, brilha em seus olhos molhados uma chispa. Ela ainda parece zangada, claro, mas quer ouvir o que ele tem a dizer. Pensa que ele se arrependeu. Que vai chamá-la de volta.

Mas não é isso. Não mesmo.

— Tem uma coisa na sua bolsa, você esqueceu?

Ela olha para ele sem entender. Ele repete:

— Tem uma coisa na sua bolsa que eu pedi para você guardar ontem, lembra?

O rosto dela se inunda de sangue. Ela abre a boca, parece não acreditar no que está ouvindo.

— Seu miserável!

Abre a bolsa com as mãos tremendo, arranca alguma coisa de lá, alguma coisa pequena, um papel dobrado, joga no chão e sapateia em cima.

— Miserável! — repete. E sai, batendo o portão com estrondo.

RUY — Eu estava me sentindo diferente. Os velhos valores pareciam não valer mais. Os muitos livros lidos estavam ficando para trás, os conceitos esquecidos, trechos inteiros que eu sabia de cor estavam se dissolvendo na memória. Poemas, filmes, canções, temas de jazz, Carnavais antigos, velhos amigos, tudo que até há pouco me ocupava a cabeça — o mundo se apagava à velocidade das carreiras que eu consumia, de cada copo bebido, de cada hora de sexo, às vezes tudo ao mesmo tempo. Mais: os escrúpulos também se dissolviam. E o pior é que não parecia haver nada de alarmante nisso.

Ele se aproximou da televisão. O aparelho preto, enorme, era como um bicho pré-histórico, adormecido sobre a mesa baixa, de madeira escura, com os pés carcomidos por algum predador do passado. Parou um instante diante da tela, à espera da conclusão do lance, uma bola alçada por Leandro na cabeça de Zico. O Brasil tinha virado o primeiro tempo perdendo de um a zero da União Soviética, mas empatou com um gol de Sócrates. Agora jogava inteiro no ataque, bombardeando os russos sem parar. Muita gente devia estar nervosa com aquele empate. Mas ele não. Ele estava pensando em outras coisas. Só parava e prestava mais atenção quando os jogadores do seu time estavam em ação, Zico, Leandro, Júnior. No resto do tempo, pensava no artigo que tinha de terminar até o dia seguinte. Ia precisar virar a noite mais uma vez. Mas isso era bom, ele não se importava. Tinha todo o material com ele. Além do mais, escrever era sempre uma coisa que lhe transmitia uma sensação de segurança. De prazer.

Ao ver Zico cair na área sem alcançar a bola — talvez tivesse sido derrubado —, o homem arriou a caixinha em cima do móvel. Depois, abriu-a com cuidado e despejou o pó sobre a superfície lisa e escura da televisão. Bateu com a gilete até que o pó se desgranulasse, estendeu-o em um fio comprido e se curvou para cheirar. Tudo de uma só vez, como gostava de fazer. Mas estava na metade quando ouviu um barulho atrás de si. Parou.

Virou-se. A empregada estava de pé na porta, os olhos muito abertos, sem saber o que fazer. Tinha ido ali perguntar alguma coisa, mas, ao se deparar com a cena, parara, sem graça — oscilando entre dar a volta e ir embora ou entrar e fingir que não tinha visto nada. Ele riu.

— O que é?

— Não... é que... eu só queria perguntar ao senhor se...

— Daqui a pouco eu vou lá falar com você.

Disse e virou-se. Nem esperou que ela fosse embora. Tornou a se curvar e recomeçou a cheirar a carreira do ponto onde tinha parado, sem nem um arrepio de pudor ou preocupação.

Quando terminou, pegou a caixinha que tinha ficado em cima do móvel e guardou na gaveta. Ainda tinha bastante, para a noite toda. E para a manhã seguinte. Quando acabasse, sabia onde encontrar mais.

Eles entraram na boate do hotel, de mãos dadas, e o homem notou que o andar da mulher ao seu lado imediatamente se adaptou ao ritmo da música. O piano, as escovas da bateria, as notas graves do contrabaixo, o som do trio que tocava ali todas as noites, nos intervalos entre os shows, era um jazz suave, meio bossa-nova, bem diferente da música que tomaria o lugar dali a pouco, do sofisticado *saloon singer* americano, seu amigo de outros tempos que tinha chegado de Nova York para uma temporada no Brasil. Mas ele sabia que ela ia gostar do show.

Sentaram-se na mesa indicada pelo maître, e ele perguntou o que ela queria beber. A mulher pediu uma água mineral com gás e uma rodela de limão. Ele não precisou pedir. Apenas fez um aceno, quase imperceptível, com a cabeça. O maître se afastou e em poucos minutos o garçom aparecia trazendo as bebidas na bandeja, inclusive a dele, um copo alto, cheio de um líquido transparente, vodca, com uma pedra de gelo. O maître o conhecia de muitas noites.

A mulher sorriu para ele, como se aprovasse a escolha. Ou como se enxergasse um certo refinamento naquela sintonia muda entre ele e o maître. Ela estendeu a mão sobre a mesa e apertou a dele, sorrindo, o anel no dedo mínimo, com uma pedrinha, cintilando à luz da vela. Ele sorriu de volta. Gostava daquele rosto, um rosto fino, de pele muito alva, a boca bem marcada. Havia naquela mulher uma delicadeza que o surpreendia. Ela vinha de um mundo totalmente diferente do dele. Olhar para ela era como ser arrancado da brutalidade com a qual vinha lidando, cada vez mais, a espiral de sexo e drogas na qual se encontrava mergulhado até o pescoço. Era como ser impulsionado de uma região lodosa, escura, e romper a superfície do mar, recebendo o sol na cara, em cheio. Era estranho. Era um susto respirar assim, de repente. Mas era bom.

— E aí, você está bem?
— Ótimo!
— Mas e a profecia?
— Que profecia?
— A história da Madalena, de que você ia começar a usar droga e que ia morrer com trinta e seis anos.
— Você é que parece que se impressionou com essa bobagem.
— Só estou perguntando.
— Então pergunta para a Madalena. Ela é que tem um telefone direto com o além.

— Mas você já parou para pensar? A primeira parte da profecia aconteceu.
— Como assim?
— Você começou a cheirar, está cheirando cada vez mais. Quando ela falou aquilo, você só bebia.
— E daí?
— Você não tem medo de morrer?
— Conhece a frase do Millôr? O pior não é morrer. É não poder espantar as moscas.

Na hora ele não ligou. Não acreditava que a ameaça da moça pudesse ser para valer, parecia um blefe. Mas depois ficou pensando.
Se você não parar de cheirar, eu vou embora.
Sentou no sofá e ficou rolando a caixinha "guarda-pó" na mão, observando aquele coração vermelho na tampa. Acendeu um cigarro. Claro que estava gostando muito dela, ela era diferente das outras. Quando foram apresentados, alguma coisa naquela mulher — o sorriso, talvez — o fez lembrar-se de uma garotinha, amiga de sua irmã, que ele costumava beijar no escuro do quarto depois do cineminha Barlan. Verinha. Então, veio aquela sensação de claridade, de respiro. Ela fazia bem a ele, precisava admitir isso. Os dias, os meses, tudo vinha sendo diferente desde então.
Só que não ia parar de cheirar por causa de uma mulher, onde já se viu?
Mas... e se parasse?
A verdade é que, se quisesse, pararia. Na hora. Tinha sido sempre assim, com tudo. Por que não com o pó?
Abriu a caixinha e olhou lá dentro. Estava quase vazia. Teria de ligar para o fornecedor e pedir mais. Talvez não pedisse. É,

talvez isso fosse uma boa ideia. Parar de comprar. Se alguém lhe oferecesse, aceitaria. Por farra, de brincadeira, como sempre tinha sido — não era assim desde o início? Ele tinha o controle.

RUY — Quando você não tem, quando está sem e alguém oferece, isso faz parte. Mas essa pessoa espera que, numa próxima vez, você faça o mesmo, devolva a gentileza. Se você para de comprar, se só aceita e nunca tem para apresentar, as pessoas percebem. Aí, um dia, ninguém mais lhe oferece a droga. E você fica sem. Fica também sem aqueles amigos.

O homem fechou os olhos. Sentia-se cansado, tinha trabalhado muito. Mas não conseguia dormir. De olhos fechados, ficou pensando na mulher.

Há uma semana ele não cheirava. Teria sido mesmo por causa dela? Talvez fosse só para provar a si mesmo que podia. *Você é prepotente.* Não estava sentindo nada, talvez uma leve letargia, quase imperceptível. Já esperava por isso. Sabia que conseguiria, e na hora que quisesse. Sempre soube, tinha o controle.

Mas talvez tivesse sido mesmo por causa dela.

Ou então...

Um pensamento cruzou sua mente. Ele riu no escuro, os olhos ainda fechados. Era uma bobagem, ele sabia. Mas... sabe-se lá? Por que se arriscar?

Afinal, o aniversário de trinta e seis anos estava chegando.

TERCEIRO SELO

Fígado

Assim que o homem entrou no táxi e bateu a porta, o motorista olhou para ele através do espelho retrovisor. Ele disse o nome da rua para onde queria ir. Falou com firmeza, o que desarmou o motorista. Desviando o rosto, este engatou a primeira e saiu. Mas durante todo o trajeto, de tempos em tempos, o olhar dos dois se encontrava no espelho. O motorista estava inquieto. E o homem no banco detrás sabia por quê.

Já tinha acontecido outras vezes, muitas vezes. Mas naquela tarde de inverno em São Paulo, o táxi com todas as janelas fechadas, talvez estivesse pior. O próprio homem estava sentindo, o que não era comum.

Enquanto o carro contornava a extensão gramada da praça Pan-Americana, o homem se recostou no banco detrás, tentando relaxar. Ao fazer isso, respirou fundo — e, respirando fundo, sentiu, ainda mais forte, o cheiro. Tinha tomado todo o interior do táxi. Parecia aderir aos bancos, ao forro do teto, aos tapetes de borracha, talvez fosse ficar ali ainda por muito tempo, por horas ou dias, depois que ele saltasse.

E o olhar no retrovisor continuava. Não era só inquietude ou irritação, embora houvesse um pouco de cada uma dessas coisas no rosto do motorista. Era medo também. O motorista sabia, ambos sabiam — que o cheiro emanava dele, do homem. Estava impregnado não só em suas roupas, mas também na pele, na carne. Atravessava os poros e tomava tudo em volta. Cheiro de álcool.

Através do vidro da portaria, viu que a mulher sorria. Um sorriso triste, é verdade, *como se já soubesse*, mas, ainda assim, um sorriso. Esperou.

Ela veio vindo, o andar elegante, o escarpim de bico fino, a saia justa um pouco acima do joelho. Ele se inclinou sobre o banco, abriu a porta do táxi para que ela entrasse, mas não saltou para recebê-la, como já tinha feito no passado. Ela se sentou ao lado dele, deram-se um beijo rápido, e o barulho da porta se fechando pareceu trazer o cheiro para dentro da mulher, que se calou. Já não sorria, só olhava para a frente. O táxi arrancou.

Quando entraram na boate do hotel, de mãos dadas, ele se lembrou da primeira vez. Quanto tempo fazia? Não sabia mais, talvez seis meses ou um pouco menos. Mas agora havia entre eles um estranhamento. Dessa vez ele não ia fazer o que ela queria. A cocaína, tudo bem, havia aquela história da profecia, do aniversário de trinta e seis anos. Mas agora ela vinha com isso de que ele estava bebendo demais, que se continuasse assim ela iria embora. As mulheres querem sempre mais.

O maître nem esperou pelo gesto dele. Foi logo trazendo o copo alto, cheio de vodca até quase a boca, como da outra vez. A mulher continuava com o olhar fixo à frente, como se prestar atenção a um piano vazio, ainda à espera do pianista, fosse a coisa mais importante do mundo. Quando o show começou, foi um alívio, o ar sobre a mesa estava espesso, o homem sentia que seus gestos eram lentos, presos.

Anos depois, quando tentasse se lembrar dessa noite, ela lhe voltaria envolta em névoa, como o começo daqueles filmes dos anos 1960 baseados nos contos de Edgar Allan Poe. De tudo, ficaria principalmente um sentimento de humilhação. O chão antes tão seguro em que pisara agora parecia instável, disposto a traí-lo, como se o ambiente em volta tivesse tomado o partido da mulher.

Foi assim que, na saída da boate, ele não viu o vidro. Podia jurar que aquela porta fora deslocada, nunca estivera ali. Só sentiu a dor, o impacto. Passou a mão na testa, enquanto tentava se equilibrar. Não olhou para ela, era quase como se a mulher não estivesse ali. O vidro não quebrou, por sorte. Mas foi ao saltar do táxi, na porta do prédio dela, que aconteceu o pior. Talvez a calçada estivesse suja de óleo, ali, na porta da garagem. Ele escorregou, caiu sobre um dos joelhos, ralou a palma da mão. *Humilhação*. Ela quase se inclinou para ajudá-lo a se levantar, mas sustou o gesto, manteve o braço estendido no ar. Ele conseguiu se erguer com agilidade, apenas para encontrar, muito próximo, o rosto dela e, estampado nele, aquele olhar que nunca ia esquecer. Uma raiva contida, talvez, mas talvez desprezo, ou pior — nojo. Foi quando ele entendeu — ambos entenderam — que estava tudo acabado.

RUY — Outro dia, eu estava conversando com um conhecido, íamos juntos pela avenida Niemeyer para um programa de televisão na Barra. Pela janela do carro, ele, que é de São Paulo, não tirava os olhos da paisagem. Aí falou que o Rio convida as pessoas a passear e que, por isso, sempre que vinha à cidade, gostava de andar de bicicleta. E comentou: "Quando recebi meu primeiro salário, com dezenove anos, comprei uma bicicleta". Ouvi isso e achei graça. E disse:

"Quando *eu* recebi meu primeiro salário — também com dezenove anos —, comprei uma garrafa de Johnnie Walker".

O rapaz se debruçou sobre a mesa retangular, coberta com uma toalha adamascada, e observou de perto o líquido vermelho no recipiente redondo de cristal. Havia pedaços de frutas, maçãs talvez, cortadas em quadradinhos, boiando na superfície que uma concha, também de cristal, feria. Ele pegou a concha e se serviu, enchendo o copinho bojudo. Tomou um primeiro gole, um segundo, virou o copo inteiro e só não gostou muito de mastigar os pedaços de fruta. O tal do ponche não era ruim. Parecia suco. Serviu-se de novo, dessa vez tomando o cuidado de evitar os quadradinhos de maçã, o que não era fácil. Mas estava ganhando prática. No terceiro copo, quase não veio maçã. Já ia tomar mais um, quando reparou que, a um canto da mesa, dois homens conversavam olhando para ele. Voltou para a outra sala, onde as pessoas estavam dançando.

Não gostava de dançar. Aos quinze anos, sabia muitas coisas, lia bem em inglês e francês, entendia tudo de cinema, música, literatura. Depois da morte da irmã, tornado filho único, tinha tudo o que queria. Só não sabia dançar. Em geral, não ligava, mas naquela noite se lamentava por isso.

Ou não. Naquela noite, quem sabe, talvez tomasse coragem e tirasse a professora. Lá estava ela, encostada na janela, conversando com uma senhora mais velha. Era louco por ela, sua professora de francês. Ficava admirando quando ela cruzava as pernas sob a mesa, quando se debruçava para ler alguma coisa no livro e seus cabelos negros, lisos, caíam sobre o rosto. Tinha os olhos iguais aos de Elizabeth Taylor. E o corpo também. Seios grandes, cintura finíssima. Parecia mais alta do que era. E muito chique e inteligente. Ele adorava as aulas dela.

Se tirasse a professora para dançar, ia poder botar a mão em torno daquela cintura, talvez subir em direção ao meio das costas. Ela era diferente das garotinhas, era uma mulher madura. Quantos anos teria? Trinta, talvez. Grande mulher.

O rapaz deu alguns passos, sentiu de repente uma necessidade de se mexer. Suas pernas obedeciam, mas estavam quentes, flexíveis, com uma moleza gostosa que subia e ia tomando o corpo todo. Voltou até junto da mesa onde estava o ponche. Olhou em torno e viu que os dois homens que conversavam por ali tinham desaparecido. Tomou mais dois copos, um seguido do outro, sempre evitando as maçãs. Tinha desenvolvido de repente uma grande habilidade para fazer isso.

Quando reentrou na sala principal, estava começando a tocar "Moonlight serenade" na vitrola. *É agora*, pensou. E foi quase um espectador enquanto suas pernas quentes atravessaram o espaço entre a porta e a janela. A professora o recebeu com um sorriso.

RUY — Era meu primeiro salário na revista *Manchete*: novecentos mil cruzeiros. Comprei um Johnnie Walker Red Label de um homem chamado Catanhede, que depois seria também meu contrabandista em São Paulo. O uísque custou quarenta mil cruzeiros — cinco por cento do meu salário. A garrafa durou dez dias.

Alguma coisa lenta e morna, uma atmosfera de sonho, o ar algodoado que os envolvia, fazendo desaparecer a sala em torno. Era como William Holden dançando com Kim Novak em *Picnic*. Ele sentia o perfume dos cabelos da mulher, sentia a proximidade com a pele do pescoço, do rosto, dos braços, sentia a mão dela apertando a sua, e sentia, sobretudo, o côncavo da cintura que enlaçava. Aquela cinturinha fina. Como a de Elizabeth Taylor. Os olhos violeta ele não podia ver, o par dançava com os rostos quase colados, os dois com os olhos baixos, talvez fechados.

Ficaram assim por um tempo imenso, Glenn Miller na vitrola, girando em rotação mais e mais lenta, hipnótica. Se pudesse, ele inclinaria o rosto para a esquerda e roçaria a boca naquele pescoço macio. Quando se desse o contato, ela estremeceria, mas apenas no primeiro instante. Depois, ela baixaria ainda mais o rosto, para que os cabelos negros, compridos, formassem um esconderijo, encobrissem o beijo proibido. Então, ele deixaria a língua deslizar muito, muito devagar, para cima e para baixo, em movimentos cada vez mais alongados, até que alcançasse o lóbulo da orelha. A mulher pressionaria o corpo contra o dele, louca como ele, louca de desejo, e aos poucos a sala em volta se dissolveria, como papel tocado por um líquido quente, viscoso e então...

De repente ele ouviu o sussurro dela em seu ouvido. Foi bem baixinho, um sopro, o ar quente liberado pelos lábios lhe fez cócegas na orelha. *Gosto de você*. Foi isso, foi o que ela disse, a professora. *Gosto de você*. Ele não teve coragem de abrir os olhos, de encará-la. Não por timidez, mas sim por temer que o momento se desmanchasse ou que a frase fosse apenas um delírio. Mas a mão que segurava a cintura puxou a mulher mais para perto e ele disse, baixinho: *Eu também*.

Quando a música acabou, ela sorriu para ele e os dois se separaram. O rapaz sentia uma estranha comoção, uma euforia que chegava a doer. Pensou em ir até a outra sala e tomar mais um ou dois copos de ponche, mas desistiu. Aquela bebida era coisa de criança. Melhor ir embora, sentir o ar frio da noite bater no rosto, ali, naquele ponto da face onde se dera o contato, o ponto que guardava ainda o calor do sonho e do desejo.

* * *

Naquele dia, ele não ia pedir Crush. Gostava da bebida alaranjada, da sensação de passar os dedos pelas ranhuras da garrafa castanho-escura, sentir o relevo gelado. Mas não dava para ficar tomando refrigerante ao lado de um homem daqueles, um sambista tão importante, que aprendera a admirar desde criança. Tanto Ismael Silva quanto Nelson Cavaquinho, com quem ele costumava se sentar no bar da avenida Gomes Freire, em frente ao *Correio da Manhã*, pediam cachaça ou vermute, sempre. E ele, naquele dia, ia pedir uma cerveja.

O garçom trouxe as bebidas, Ismael ergueu o copo de vermute, fez um gesto com a cabeça. Era educado, elegante. O rapaz fez o mesmo. Depois, aproximou o copo da boca e bebeu.

A lembrança veio de um jato, a lembrança da primeira vez que botara uma bebida alcoólica na boca. Fazia anos que não pensava nisso. O dia do ponche, sim, da dança com a professora, disso se lembrava sempre, mas naquela época estava com quinze, dezesseis anos. A primeira vez fora muito antes, mas disso estivera esquecido. E agora a lembrança estava ali, de volta.

Tinha uns dez anos, talvez, quando o pai comprou duas caixas de vinho português de um caixeiro-viajante. Quinta das Fontainhas era o nome. Um vinho tinto, seco, encorpado, que o menino passou a beber sempre. As duas caixas duraram dois meses ou mais. Durante esse tempo, o vinho passou a fazer parte das refeições da família. O pai dava, as crianças tomavam, ele e a irmã, nessa época a irmã ainda estava bem. O menino gostava. Desde a primeira vez, bebeu com grande naturalidade, nada de estranheza, nada de caretas, nenhuma sensação de gosto diferente, de ardência na garganta. Nem tontura ou embriaguez. Era como se o vinho fosse parte dele, como se nele se amalgamasse ao descer pela garganta.

Deu mais um gole. A cerveja gelada parecia água. Beber era bom, e era bom também estar sentado ao lado de Ismael Silva, um homem sempre tão cultuado por seu pai. Um monstro sagrado, personagem que o pai conhecera no Rio em fins dos anos 1920, uma cidade de histórias, lembranças que levara consigo pela vida afora. E de repente ele, o filho, dezenove anos, estava ali sentado ao lado do sambista, conversando com ele como se fosse um igual. Virou o copo de cerveja até o fim, antes que esquentasse. E encheu outra vez.

RUY — **Descia fácil. Facílimo. Talvez eu não tivesse dinheiro para beber muito nessa época, mas se houvesse alguém pagando, ou se a bebida de repente sobrasse na minha frente, eu bebia com grande tranquilidade. A bebida não tinha nada de hostil para mim.**

O rapaz passou pelo salão cheio de obras de arte — incluindo os dois enormes Volpis, estranhamente não figurativos — e em cujo canto ficava a vitrola de pés de palito, onde era possível tocar tanto LPs quanto discos de 78 rotações. Entrou no corredor com uma sensação de galope no peito. Raras vezes tinha oportunidade de estar sozinho naquele lugar que tanto admirava. O apartamento era antigo, de pé-direito alto, em um prédio encravado sobre uma rocha que fora aberta a dinamite para dar passagem à rua. Mas a localização, em Copacabana, a vista para a mata, nada disso importava. O que importava era o que existia lá dentro, objetos e pessoas. Era muito mais do que ele um dia imaginara, no tempo em que ainda vivia muito longe dali.

Parou no meio do corredor e olhou para o armário, fechado. Ficou imóvel por um instante, mas logo, não resistindo à tentação, abriu as duas portas. Em várias prateleiras, até o teto, estava a coleção de 78s do amigo. Os discos ficavam empilhados e estavam todos em suas capas originais, de papel pardo com um buraco no meio, trazendo impressos o logotipo das gravadoras e anúncios de lançamentos. Ele sabia bem. Já tinha apreciado a coleção, ouvindo os comentários do dono da casa. Chegou mais perto. Eram pilhas diferentes para cada cantor, Francisco Alves, Orlando Silva, Carmen Miranda, Mário Reis. Jeanette MacDonald e Nelson Eddy. Gardel, Chevalier, Al Jolson. Caruso, Amelita Galli-Curci, Tauber, muitos discos de ópera. José Mojica, cantor mexicano. Tinha um único disco de jazz, *Pontchartrain blues*, de Jelly Roll Morton. Um gosto eclético, surpreendente, composto de coisas que deviam estar esquecidas, que não podiam pertencer a um homem tão moderno, leitor de Pound, fã de Godard, amigo de Max Bense. Mas estavam ali assim mesmo, e essa pluralidade, essa mistura de gosto sofisticado com elementos populares, era o que deixava o rapaz mais fascinado.

Fechou as portas e caminhou em direção ao fundo do corredor, onde ficava a estante aberta, com livros sobre música popular. Observou as lombadas. O livro de Almirante, *No tempo de Noel Rosa,* e também *Panorama da música popular brasileira*, de Ari Vasconcellos. Um livro sobre música popular francesa, outro de letras de Georges Brassens, vários livros sobre tango, e também sobre boleros. Muitos volumes sobre ópera.

Perto dessa estante ficava a porta do escritório. O rapaz envolveu a maçaneta da porta com a mão e abriu. O escritório tinha as paredes forradas de estantes até o teto. Uma parede inteira era dedicada à poesia e a ensaios sobre estética. Havia poesia em português, francês, inglês, espanhol, alemão, e eram edições bonitas, antigas. William Blake, Rilke, Lorca, e. e. cummings. Livros dos filósofos da linguagem, Susanne K. Langer, Ernst Cassirer, Maurice Merleau-Ponty, Alfred N. Whitehead, Norbert Wiener.

Ele se voltou para a outra parede. Ali ficavam os Penguins e os Livres de poche, sempre de ficção: Joyce, Faulkner, Balzac, Zola, Flaubert, Fitzgerald, Hemingway, Mark Twain. Mas a terceira parede era a mais impressionante — a de publicações sobre cinema. A imensa coleção de livrinhos numerados, Cinéma d'Aujourd'hui — Alain Resnais, Luchino Visconti, Luis Buñuel, tantos, tantos. *L'écran démoniaque*, o livro sobre expressionismo alemão, de Lotte Eisner. O livro de Claude Chabrol e Eric Rohmer sobre Hitchcock. A coleção completa do *Cahiers du Cinéma*, com as capas amarelo-claras, sua marca. Os volumes da *Révue du Cinéma*, precursora do *Cahiers* e ainda mais rara. A coleção da *Positif*, que era o *Cahiers* da esquerda. O cinema não se limitava às telas, espalhava-se também pelas palavras.

Ele teria ficado ali parado ainda por muito tempo se não fosse o ruído que ouviu perto da porta. Voltou-se. Era uma amiga do dono da casa, que também frequentava aqueles salões. Ele a conhecia. Era uma mulher de personalidade forte, dez ou quinze anos mais velha, com os cabelos muito lisos cortados na altura do queixo. Não era especialmente bonita de rosto, mas tinha um corpo espetacular e usava umas calças justas que lhe delineavam as pernas. Era professora de filosofia e diziam que só gostava de mulheres.

Ela sorriu.

— É uma beleza de estante — disse.

Ele concordou.

— Você já escolheu a sua?

— A minha o quê?

— A sua estante. Eu já. Se eu pudesse levar comigo uma das estantes desta casa, já sei qual levaria. E você, já escolheu a sua?

Ele tornou a olhar para as três paredes forradas de livros e revistas.

— A de cinema — disse ele. — E você?

Ela se aproximou e pegou o rapaz pela mão. Ele sentiu a palma quente contra a sua. A mulher deu um meio sorriso:
— Vem cá.

O rapaz observou a madeira escura da estante do salão, com a porta dupla encaixada no meio. Tinha uma pequena chave, de metal envelhecido, com volteios que faziam lembrar velhos cofres, segredos, mistérios. Ele sabia muito bem o que havia por trás daquela chave. Mas ficou esperando que a mulher abrisse a porta. Ela estendeu a mão e tocou a chave. Deu uma volta. Houve um estalo. Com as mãos, puxou. Ali estava outro dos muitos tesouros da casa. As garrafas maiores na prateleira de baixo, as menores, mais bojudas, em cima. Também na parte inferior, o galão de porcelana de Black & White, com torneirinha. Entre as garrafas da prateleira mais alta, uma lhe chamou a atenção, um uísque em cujo rótulo dois monges, sentados sobre barris, brindavam com suas canecas. Monks. A mulher sorriu para ele.
— Minha estante é esta aqui.

RUY — O uísque era a bebida adulta. Principalmente dos adultos com que eu me relacionava — um círculo sofisticado, ligado a música, cinema, jornalismo, teatro, poesia, literatura, artes plásticas. Era o mundo dos grandes ensaístas, como Herbert Read, Isaac Deutscher, Herbert Marcuse — a novidade era Marshall McLuhan —, e das revistas liberais americanas, como a *Partisan Review*, a *New York Review of Books* e a *New Yorker* — um mundo lógico, racional, ainda bastante europeu. Os generais da ditadura, um bando de grossos, eram os grandes personagens das piadas. Era o mundo que eu frequentava aos vinte anos, e o uísque fazia parte dele. Havia um permanente estado de euforia, uma enorme capacidade geral de beber e, no dia seguinte, cada qual se gabava por ter bebido mais do que o outro. Beber era importante, assim como não ficar de porre, não ter ressaca. Eles sabiam que eu era capaz de beber tanto quanto eles, mais velhos, mais experientes. Portanto, eu também fazia parte. Eu já era um deles.

A vista de sua janela, à direita da estrada, lhe parecia sempre a mesma: morros, mato, casas pobres, e aquele pedaço de asfalto do acostamento, meio carcomido, por onde se espichava uma tira de tinta desbotada, que um dia fora branca. Era aquilo e pronto, não mudava nunca.

Do outro lado, não. Do outro lado havia o mar, as ilhas parecendo desenhadas por criança, só faltando um coqueirinho no meio. O mar da Costa Verde, o mar de Angra. Será que estavam perto? Não chegava nunca.

Aquele mar, sim, era uma beleza de olhar, mas toda vez que ele se virava para a esquerda, a namorada, ao volante, perguntava: "O que foi?". Melhor continuar olhando o mato do lado de cá. Viagem interminável. Ainda bem que elas estavam ali, debaixo do banco, suas garrafas. Quando o carro caía em um buraco do asfalto, elas chacoalhavam lindamente.

Esticou a mão direita e pegou a que deixara fora da caixa, enfiada em pé, entre o banco e a porta. Era um gesto que repetia o tempo todo. Também, com uma viagem daquelas, que não acabava nunca. Puxou. Abriu a tampa de rosca e deu três bons goles, pelo gargalo. Fez isso sem olhar para o lado, mas podia sentir a reprovação da namorada. O silêncio do carro ganhava de repente um peso novo com o olhar dela, mas a vodca descia com suavidade pela garganta, líquido e mucosa eram parte de um só corpo, uma só matéria. O olhar não importava. Fixou o seu no mato, que continuava passando pela janela, incansável. Acendeu um cigarro. Tinha sido uma boa decisão, a de mudar de uísque para vodca. Gostava dos destilados. Achava as bebidas fermentadas uma perda de tempo, principalmente cerveja. Ao pensar isso, lembrou daquelas cervejas no botequim da avenida Gomes Freire. Tudo bem, era um garoto. Isso fora há quanto tempo? Na época do *Correio da Manhã*. Estava com dezenove anos, agora ia fazer trinta e oito. Nos anos seguintes, já frequentando a casa do amigo poeta e jornalista, mudara de vez para os destilados. E agora era só vodca. Essa coisa transparente, forte, que desce sem deixar rastros.

Ouviu uma buzina. Talvez tenha cochilado — estranho, isso nunca lhe acontecia —, mas de repente, ao procurar o mar à esquerda da estrada, encontrou um porto pontilhado de mastros e, ao largo, a massa de três ou quatro navios maiores, como cargueiros. Parecia que estavam chegando. Menos de cinco minutos depois, o carro diminuiu a marcha, tomou o acostamento à direita e, quando a motorista se certificou de que não vinha ninguém na direção contrária, atravessou a pista. A mudança na paisagem foi imediata. Não estavam mais rolando sobre o asfalto gasto, mas sobre uma estrada vicinal, de terra batida, cercada dos dois lados por capim alto. Seguiram por ela até chegar a um portão de madeira, preso a portais de cantaria. A namorada pediu que ele fosse abrir. Ele foi. Antes de saltar do carro, tomou cuidado para acomodar bem a garrafa junto do banco.

Assim que o carro transpôs o portão, houve nova mudança de cenário. A terra batida do chão se transformou em paralelepípedos e o mato alto, na primeira curva, desapareceu, dando lugar a uma vegetação rasteira, por cima da qual surgiu outra vez o mar, lá embaixo. Da casa, não se via nada. Seguiram pela estradinha de pedra, descendo, chegando cada vez mais perto do mar. E afinal deram em um pátio, também calçado de pedras, onde já havia três carros estacionados. Saltaram.

O homem respirou fundo. Dava para sentir o cheiro de sal e lodo que emanava do fundo das baías. Só então ele viu a casa, quase oculta pela vegetação. Ele não sabia, mas eram coqueiros, flamboyants, patas-de-vaca, figueiras, jaqueiras, uma mistura de árvores nativas e estrangeiras, plantadas depois da construção, para que a casa não ferisse a beleza do lugar. A casa era antiga, isso ele sabia. O dono a construíra mais de vinte anos antes, quando toda aquela região era intocada e a única maneira de se chegar lá era de barco.

Entraram pelos fundos e começaram a descarregar as malas. Assim que soube qual seria o seu quarto, o homem carregou a caixa com as garrafas e enfiou debaixo da cama. Preferia beber sua vodca pura, congelada, aquele mel transparente. Mas não ia cometer o erro de botar suas garrafas na geladeira ali, naquela casa cheia de gente. Não podia se arriscar a que seu estoque acabasse.

O homem estava esticado no deque, com um cigarro entre os dedos, sentindo o calor gostoso da madeira nas costas. A tarde caía, mas o sol ainda estava queimando. Os amigos, a mulher, estavam todos na pequena praia particular que ficava a poucos metros do deque, uma praia em curva, de areia meio prateada, junto à qual crescia uma árvore enorme, da Amazônia, que era conhecida na região. Vinham barcos de toda parte para ver a árvore quando ela se enchia de flores, o dono da casa dizia. Mas ninguém sabia direito o nome dela. O homem menos ainda. Aliás, ele não tinha grande interesse pelo mundo vegetal.

Pelo mundo animal, sim, pensou, abrindo um dos olhos ao sentir a trepidação da madeira. Por alguma razão, sabia que era a mulher do amigo que se aproximava. Ergueu-se nos cotovelos e viu que tinha acertado. Sorriu.

Ela sorriu de volta. Vestia uma espécie de *caftan* transparente, cor de sorvete de creme, por baixo do qual se via o biquíni preto, sutiã tomara que caia. Estava descalça e usava um chapéu branco de abas larguíssimas, com uma fita preta e branca, zebrada, amarrando a copa. Ao chegar perto dele, sentou-se, tirou o chapéu e sacudiu os cabelos. Eram louros, encaracolados e iam até abaixo dos ombros. Estavam úmidos.

— O que é isso?
— Isto aqui?
— É vodca ou água?
Ele riu.
— Vodca, claro. Quer um gole?
— Não, eu pensei que fosse água. Estou morrendo de sede.

Disse isso e passou a língua nos lábios. Ele riu de novo e deu outro gole na vodca.

— Não morre, não. Seria um desperdício.

Ela passou as costas do dedo indicador na parte externa do copo dele, de cima para baixo, três vezes, como se contemplasse a ideia de lamber o suor do vidro. Depois olhou para ele, muito séria:

— Vou lá em cima beber água.
— Eu vou com você.

Subiram juntos a escada de pedra que levava do deque à casa, no alto da escarpa. Ela ia na frente, a pele queimada de sol sob o *caftan* esvoaçante, a linha aguda do biquíni preto formando um V que parecia apontar para ele. Três ou quatro degraus atrás, ele andava de cabeça erguida, o olhar fixo na mulher, o copo vazio de vodca ainda na mão. Estavam os dois em silêncio. Talvez soubessem, talvez tivessem desde já a dimensão do que iam fazer, mas essa consciência se dava em algum ponto abaixo da superfície, em meio a uma névoa quente e sulfurosa. O homem passou a língua nos lábios. Também sentia sede, mas não de água.

Quando chegaram ao topo da escada e entraram pela varanda, o homem viu a coxa da mulher raspar em um tronco de bromélias, provocando um pequeno alvoroço na folhagem. Teve a impressão de que ela fizera aquilo de propósito, havia no gesto um impulso qualquer de desafio ao perigo e à dor.

Continuaram em silêncio. Por alguma razão, o homem se lembrou de outra mulher, também namorada de um amigo, com quem uma noite fez amor no banheiro de um restaurante. Isso fora há tempos, três ou quatro anos. *Prazer. Perigo. Morte.*

— Tem certeza de que é água o que você quer?

A mulher sorriu.

— Talvez eu queira um gole da sua vodca.

Ele sorriu de volta. Estranhamente, não tinham pressa. Sabiam que estavam desafiando o tempo e a sorte, mas queriam que o jogo se estendesse.

— Meu copo está vazio. Vou buscar mais.

Ela fez que sim com a cabeça e se recostou em um baú de madeira, muito grande e pesado, que havia na parede da sala. Quando ele passou por ela, em direção ao quarto onde escondera as garrafas, viu, com o canto dos olhos, que ela alisava a coxa sob o tecido transparente.

No segundo em que tocou a borda da caixa de papelão, guardada embaixo da cama, sentiu a leveza. Puxou. Ficou olhando durante vários segundos, imóvel, sem acreditar. A caixa estava vazia.

Ergueu-se. Olhou em volta. Tornou a olhar para a caixa de papelão a seus pés. O que aconteceu? Como pode? Atirou-se ao chão, enfiando a cabeça debaixo da cama. Não havia nada ali, só poeira. Tateou o chão, saiu com a palma da mão escura. Outra vez de pé, foi até o interruptor e acendeu a luz. O quarto dava para a mata atrás da casa, era sombrio. Quem sabe com a luz acesa? Elas tinham de estar ali, no quarto, em algum lugar. Sentiu uma pontada de pânico na boca do estômago. Claro. Alguém tinha tirado as garrafas dali, alguém que não queria que ele bebesse. Não podia ser a namorada, ela não teria essa ousadia. Um dos amigos, sim. Sem dúvida, um dos amigos. De molecagem, para brincar com ele. Que sacanas! Quem teria sido? Mas elas deviam estar por ali, escondidas em algum canto do quarto. Eles não iam se dar ao trabalho de sair carregando todas aquelas... quantas eram? Na última compra, doze. Tinha trazido pelo menos oito. A que bebeu durante a viagem... tinha sobrado um resto, que foi tomado no deque. Eram umas sete ou oito, tinha certeza. Deviam estar por ali, talvez no armário, não, o armário era óbvio demais, ou debaixo do colchão. Por via das dúvidas, abriu o armário. A namorada já tinha arrumado as roupas para o fim de semana, dela e dele. Enfiou a mão para ver se as garrafas não estavam escamoteadas atrás dos jeans, das camisetas. Ali não havia nada. Olhou a parte de cima do armário, onde os donos da casa tinham deixado um cobertor. Puxou. O cobertor caiu sobre sua cabeça, se desdobrando. Nada de garrafa. A respiração dele começava a ficar mais acelerada, sentia um aperto na garganta. Enfiou a mão na beirada do colchão, quem sabe não estavam ali embaixo. Era um colchão pesado, de mola, dos antigos. Enquanto tentava mantê-lo no ar, sentiu uma dor fina na ponta dos dedos da mão direita. De repente se lembrou de onde estava. Em uma casa de praia, longe de tudo, sem nenhuma cidade por perto, nenhuma venda, nenhum bar, nenhum lugar que ele pudesse alcançar pelas próprias pernas sem depender de alguém que o levasse de carro. Arregalou os olhos. Precisava acabar com aquela brincadeira e achar suas garrafas. Começou a pensar na cena de um filme com Ray Milland, em que ele escondia as garrafas do lado de fora da janela, penduradas, para que o irmão não descobrisse. Correu e debruçou-se no parapeito. Não havia nada, mesmo assim passou a mão pela parede externa, que se manchou de vermelho. Trouxe a própria mão para junto do rosto e percebeu que sangrava. Não sabia como, nem em que se machucara, mas sangrava. Estava ainda parado, olhando estupidamente para o sangue que escorria pelo pulso, quando ouviu a voz:

— O que aconteceu?

Virou-se e viu a mulher do *caftan* transparente parada na porta, com ar de espanto. Ele não respondeu. Passou por ela como se não a tivesse visto e saiu do quarto, a boca trancada, o coração martelando, disposto a fazer uma busca na casa, no terreno, ou achar o desgraçado que tinha escondido suas garrafas de vodca. Ao passar pelo corredor, deixou no chão, como um rastro quase imperceptível, duas gotas de sangue.

Sangue.

Ficou parado, a mão direita apoiada na parede de azulejos, olhando para aquele espetáculo. Era sua casa, seu banheiro, mas parecia outro planeta.

Pensou na irmã, as hemorragias, o rosto pálido, a morte. Mas no instante seguinte afastou o pensamento. Não tinha nada a ver, era outra coisa, e ele sabia bem o que era.

Respirou fundo, sentindo-se carregado, intoxicado, repleto de alguma coisa alienígena, que não deveria estar ali, preenchendo os espaços de carne. Precisava fazer mais uma vez, tentar arrancar aquilo de dentro de si. Botar para fora. Inclinou-se sobre o vaso e enfiou o dedo na garganta. O segundo jato veio ainda mais forte. Sangue escuro, puro, rubro, a louça branca tingida de vermelho. Mas a sensação de vazio era um alívio. Em poucos minutos, tudo estaria limpo, e ele também.

Deu descarga várias vezes, limpou os respingos com pedaços de papel higiênico, ora secos, ora molhados. Dava trabalho, mas precisava deixar tudo impecável. Quando se certificou de que não havia nenhum rastro do que acontecera, foi até a pia para escovar os dentes. Não prestou muita atenção na própria imagem, no espelho. Estava sem os óculos, que tinham ficado na mesinha de cabeceira. Melhor assim.

Quando terminou de bochechar, sentindo a água gelada da torneira na boca, achou que era hora de voltar para a cama. Já estava demorando muito no banheiro. A namorada podia desconfiar. Não era a primeira vez que acontecia, era talvez a quarta ou quinta. Não fazia nem três semanas que tinha acontecido da última vez. Mas, tudo bem, naquela ocasião a namorada que estava dormindo na casa dele era outra. Ou era essa? Já não tinha certeza. Vinha alternando as duas e tinha certa dificuldade em diferenciar as histórias. Às vezes, era tomado por uma sensação de nebulosidade, como se tivesse uma camada de algodão acolchoando o cérebro, sob a calota do crânio. Pensamento estranho. Abriu a porta do banheiro e saiu.

A namorada nem se mexeu quando ele se enfiou, nu, debaixo da coberta. Pensou em virar de lado e abraçá-la por trás, mas antes passou a mão direita sobre o próprio abdômen, apalpando o lugar onde achava que era o fígado. Sentia um endurecimento ali. Talvez fosse impressão, devia ser assim mesmo. Mas vomitar sangue não era normal. Podia diminuir um pouco a bebida por uns tempos. Ou ir ao médico. Não, ir ao médico, nunca — ele iria proibi-lo de beber. Viver sem beber? Impossível. Nesse instante, a namorada deu um suspiro e se virou, enroscando-se nele. Ele sentiu os seios duros, pequenos, contra seu braço — e se esqueceu do fígado.

RUY — Eu estava casado pela segunda vez, depois de anos de esbórnia, e minha mulher decidiu me internar. No início, eu não queria nem conversa. Depois, para ganhar tempo, topei discutir o assunto. Talvez não fosse má ideia ir para um lugar desses e descansar, dar uma limpada no organismo — e depois recomeçar do zero. Em momento algum pensei em parar de beber. Talvez achasse que poderia beber de uma maneira mais... positiva. De fato, a coisa estava ficando fora de controle. E era o que eu queria. Retomar o controle.

Foi uma noite, ao chegar bem tarde, que ele viu os cadáveres na porta de casa. Ao lado da garagem. Talvez o caminhão do lixo não tivesse passado. Eles vinham sempre de madrugada, para não atrapalhar o trânsito. Ficou de pé, na calçada, olhando. Ouviu quando o motor do táxi que o trouxera desapareceu no silêncio. Sentiu-se estranhamente sozinho de repente, diante de seus mortos.
Cadáveres. Era como ele chamava as garrafas vazias que iam sendo acumuladas na área de serviço e que, duas ou três vezes na semana, a empregada botava para fora. À noite, elas ficavam ali, na porta da garagem, à espera do caminhão de lixo. Chegou mais perto. Contou. Eram dezesseis. Dezesseis garrafas vazias de vodca, correspondendo a alguns dias de consumo. Quantos dias? Três, quatro? Não sabia quando a leva anterior fora colocada para fora. Talvez fizesse uma semana. Ou menos. Enfiou a chave na porta. Antes de entrar, ainda olhou uma última vez para trás. *A vizinhança vai pensar que os moradores desta casa bebem muito.* O amargo na língua não o impediu de dar um sorriso de triunfo. *Não podem imaginar que os cadáveres são todos meus.*

O restaurante tinha um pé-direito altíssimo, parecia uma catedral. As paredes eram escuras, misturando tons de granito e marrom, mas por toda parte havia pontos de luz, apliques e candelabros com pingentes de cristal. Coisa de novo-rico, ele costumava pensar quando entrava em um lugar assim. Mas naquela noite não estava prestando muita atenção ao ambiente. A sensação que o acometia era incomum, quase desconhecida, talvez fosse o que os seres normais chamam de cansaço. Um torpor, a visão um pouco borrada, as luzes dos candelabros de vez em quando se espichando e formando traços verticais, com variações de brilho e cor.

Foram levados pelo maître para uma mesa bem central, à vista de todos. Isso é outra coisa que os novos-ricos apreciam: ver e ser vistos. Ninguém quer saber de se sentar ao fundo ou no canto. Ele não escolheria aquela mesa. Sentaram-se, os três. Ele, a mulher e um amigo dela, que era gaúcho e estava de passagem pela cidade. Se pudesse, teria ficado em casa, mas a mulher insistiu, queria levar o amigo para conhecer o restaurante.

O maître trouxe os cardápios, enquanto dois garçons enchiam a mesa com uns objetos minimalistas que talvez fossem o serviço. Um desses objetos era um suporte de madeira com um gancho, no qual estava pendurado um pequeno lençol engomado, encardido, com pontinhos pretos. O homem pegou na ponta do pano e ele se partiu. Só então percebeu que era uma massa de pão, uma espécie de pizza seca, para ser comida com as pastinhas. Que ridículo. Pediram as bebidas. Vodca para ele, claro, água para ela, um martíni para o amigo gaúcho. E começaram a examinar o cardápio.

O forte do lugar eram as massas. O homem não estava com a menor fome. Melhor assim. Não gostava de massas, e ultimamente já não vinha achando graça em comida alguma. Além disso, sabia que a porção que viria seria mínima, quatro ou cinco colheres de sopa de um parente do macarrão, com enfeites e pingos e traços, parecendo um quadro de Manabu Mabe. Pediram.

As bebidas chegaram e ele teve de se esforçar para não emborcar o copo alto de vodca de uma só vez. Deu três goles e ficou olhando fixamente para as luzes, que pareciam crescer, espichar-se em traços mais e mais compridos. Não se via o teto, o candelabro de cristal ofuscava o que estava acima dele. A mulher e o amigo não paravam de falar, ficavam perguntando coisas para ele, mas ele estava sentindo novamente aumentar aquele torpor desconhecido.

Quando afinal vieram os pratos, ele baixou os olhos. Ficou observando os pedaços de massa encerada, com o molho formando desenhos. Havia qualquer coisa de hipnótico ali, uma força que o atraía para baixo, para dentro ou para longe, talvez. O torpor. O torpor era quente, envolvia seu crânio como uma toalha — já tinha tido essa impressão antes? Deu uma ordem mental ao braço direito para que se movesse, à mão direita para que pegasse o garfo. Mas nada aconteceu. Fez um esforço imenso. Firmou a cabeça e tomou mais um gole de vodca. Agora, sim, a mão obedecia. O líquido desceu. Sentiu como se aquela coisa espessa, gelada, lhe escorresse pelos ouvidos, por dentro, como se a vodca tivesse ido para cima, como se ele estivesse participando de uma daquelas gincanas em que se bebe virado de cabeça para baixo. Assim. Para baixo. Um peso, um peso gostoso, era bom, era quente outra vez, era quieto, silencioso, era como adormecer.

A mulher soltou um grito, os garçons acorreram. O amigo gaúcho se levantou, horrorizado. Um murmúrio de admiração percorreu o restaurante. O maître foi muito gentil, ele e mais dois garçons ajudaram a erguê-lo, enquanto a mulher limpava o rosto dele com o guardanapo. O amigo gaúcho foi pedir o carro ao manobrista. Ao passar por uma das mesas, ouviu quando uma senhora perguntou ao marido, chocada:

— Ele está bêbado?

* * *

O homem acordou no sofá da sala. Olhou em torno. Estava em casa. Não se lembrava de ter chegado ali, não entendia bem por que não estava deitado na cama. Mexeu-se. Só então viu a mulher sentada na poltrona. Ela se levantou e olhou para ele, de braços cruzados. Estava muito nervosa. Ele quis saber:

— O que foi?
— Você ainda pergunta o que foi?
— O que é que houve?
— Nada, uma bobagem — disse ela, irônica. — Você desmaiou no restaurante, só isso. Desabou com a cara dentro do prato!

Ele ficou olhando para ela sem dizer nada. *Será que é verdade?* Levantou-se, com grande facilidade. Sentia-se ótimo. Uma certa estranheza, talvez, pelo vexame. Caminhou até a cozinha com o passo firme, enquanto a mulher o observava, boquiaberta. Em *Nasce uma estrela*, filme com Judy Garland, o galã James Mason toma um tremendo porre, levam-no para casa e, depois de um cochilo, ele acorda pronto para recomeçar a beber. Era assim que se sentia agora — e podia ser um exagero da mulher a história de que ele tinha desmaiado em cima do prato.

Em poucos minutos, voltou da cozinha com um copo de vodca na mão. A mulher parecia de repente muito calma. Achou que ela fosse brigar com ele, mas não. Ela apenas o olhou e disse:

— Vou ligar para a tal clínica amanhã.

A mala já estava no carro. Ele pegou a máquina de escrever e o livro que pretendia traduzir durante o período em que ficasse na clínica: *O livro dos insultos*, de H. L. Mencken, um jornalista americano. Apagou o cigarro e desceu. Botou a máquina no banco de trás e enfiou o livro no bolso externo da mala. A mulher, ao volante, esperava, com o motor ligado.

— Só um instante — disse para ela. E tornou a subir. Foi até a cozinha, abriu o congelador e tirou de lá a garrafa congelada, recoberta por uma camada branca. Despejou o líquido oleoso em um copo alto, enchendo até a boca. Bebeu. Em seguida, repetiu o gesto. De novo. E de novo. Foram cinco copos. Sentia o líquido descendo deliciosamente por sua garganta, como água — como o singelo significado da palavra vodca em russo: "aguinha".

— O senhor é alcoólatra?
— Não.
— Já tentou parar de beber?
— Não, mas posso parar a hora que quiser. Bebo por prazer.

Ele não estava gostando daquela conversa. Nem do lugar. Olhou em torno e observou a salinha da recepção, as paredes brancas, o crucifixo atrás da mesa. Mas não tinha como voltar atrás, sua mulher já fora embora. Ia ter de pagar para ver.

Na chegada, assim que saltara do carro, um servente carregara sua mala, junto com a máquina de escrever. Alguém explicou que seriam levadas direto para o quarto, enquanto ele fizesse uma pequena entrevista e alguns exames. Antes de entrar na recepção, reparara no entorno da clínica. Era um terreno grande, com uma construção principal, a frente avarandada, e vários pavilhões menores. Havia caminhos arborizados entre os diferentes prédios e uma aleia mais larga que ia dar no portão. Não parecia haver vizinhança. O terreno tinha um aclive ao fundo, um pequeno morro, mas em volta o que havia eram plantações, um imenso milharal, ou algo assim.

Depois de responder a mais algumas perguntas — todas lhe pareceram sem sentido —, o homem foi levado para uma sala contígua, onde uma enfermeira lhe tirou sangue. Finalmente conduziram-no até o quarto.

Era um quarto simples, com duas camas de solteiro. Mas não havia ninguém além dele. Armário, mesinha, uma cômoda sob a janela, um banheiro minúsculo. Nada nas paredes. A máquina de escrever fora colocada sobre a cômoda, a mala estava em cima da cama. Abriu. Foi botando as roupas no armário, distraído, mas, ao pegar o nécessaire onde estavam seus artigos de higiene, deu falta da loção de barba e do desodorante. Que desaforo. Estava sendo tratado como se estivesse em uma penitenciária. Ia reclamar com o sujeito da recepção.

Saiu do quarto, fechando a porta, e se encaminhou para o prédio principal. Mas, ao atravessar a varanda, e só então, parou para observar os outros internos que estavam por ali. Havia gente de todo tipo, de todas as idades, alguns com aspecto muito humilde, outros não. A maioria usava bermuda, camiseta e chinelo — afinal, era verão. Talvez houvesse um ritual para receber os recém-chegados. E se lhe dessem um trote, como acontecia antigamente nas escolas? Ouviu uma sineta. Por falar em escola...

Os doze ou quinze homens e as duas mulheres que estavam na varanda se levantaram e foram na direção do que ele imaginou ser um refeitório. Devia ser hora do almoço. Decidiu ir também. Sabia que estava indo à recepção reclamar de alguma coisa, mas já não se lembrava exatamente de quê. Sentia-se um pouco estranho, a cabeça confusa. Melhor comer. Mas foi só depois do almoço, ao voltar para o quarto, que começaram os tremores.

A sala está mergulhada na penumbra. Não há cor, tudo ali é preto, branco e cinza, uma atmosfera pesada, agourenta. Nas paredes brancas, projetam-se sombras incertas, de origem desconhecida. E, no meio do aposento, sentado em uma poltrona, está o homem — sozinho.

Parece cansado, imensamente cansado. A barba crescida de um ou dois dias, as olheiras escuras, os olhos inchados, as pálpebras pesadas. Dá a impressão de estar sonado, como se acabasse de acordar, madrugada ainda, de uma noite maldormida. Os olhos baços se movem nas órbitas, buscando alguma coisa. Há neles, já nesse primeiro instante, uma chispa de medo, como se o homem pressentisse o que vai acontecer. Movem-se para lá e para cá, até que se fixam em um ponto da parede branca. Há uma rachadura ali, uma mancha escura, a princípio indefinível. Mas logo ele ouve um som, um ruído agudo, um guincho. E entende que é dali que o som vem, daquele ponto na parede.

Em poucos segundos, a mancha começa a se mover. Os olhos do homem agora estão muito abertos, ele engole com dificuldade. Os ruídos agudos se multiplicam e de repente o homem faz um esgar, pois acaba de entender que a mancha escura que se move é um rato. Um rato de olhos febris, que brotou da parede através da rachadura e que observa o entorno, parecendo sedento de uma presa qualquer.

Mal o homem faz essa descoberta inquietante e já uma nova sombra penetra pela janela e começa a esvoaçar em torno dele. Pelo voo incerto, nervoso, não há dúvida de que é um morcego. O animal, com suas asas escuras, parece enlouquecido. Talvez desesperado por estar preso na sala, sem conseguir reencontrar a janela por onde entrou. O homem crispa as mãos nos braços da poltrona. Não se move, não se levanta — é como se alguma coisa o atasse também. Ele próprio, assim como o morcego, é prisioneiro daquele lugar sombrio.

Um som ainda mais agudo o desperta de seu pavor. A mancha escura do morcego bateu contra a parede e ali ficou, presa à superfície branca onde outra mancha escura — o rato! — ressurge, com sua cabecinha hedionda, os olhos luzidios. Há uma luta, guinchos agônicos, e uma gota de sangue negro escorre pela parede. O morcego está devorando o rato.

É quando ao ruído da luta se sobrepõe outro, que corta a noite. Parece um grito feminino, saído de um conto assombrado. Mas não — é o grito do homem, a transmutação em som do sentimento de terror mais abjeto.

Ao voltar para o quarto na noite anterior, saindo da sala de projeção, levara a imagem com ele: o rosto desfeito de Ray Milland, a barba crescida, o olhar de desespero. Assistir a *Farrapo humano*, filme de Billy Wilder, fazia parte da terapia. Já o assistira no passado e se impressionara com a cena do delirium tremens. Mas ele próprio não passara por aquilo. Minuto a minuto, durante os primeiros quatro dias, experimentara sensações que nunca esperara conhecer — tremores terríveis, por todo o corpo, por fora e por dentro, como se fosse uma coqueteleira ambulante. Ambulante, não, porque mal conseguia andar ou ficar de pé, de tanto que tremia. Tinha também insônia, calafrios, sudorese. E ainda culpa, vergonha e medo.

Mas naquela manhã sentia-se melhor. Na noite anterior, dormira um sono pesado — será que estavam botando algum remédio na comida? Ainda tremia bastante, e continuava a sensação de que o chão ia de repente desaparecer sob seus pés. Era o organismo protestando por não lhe estar sendo servido aquilo de que mais precisava: vodca. Mas, fora isso, agora se sentia bem. Tão bem, aliás, que talvez fosse hora de ir embora.

Com dificuldade, pegou a mala em cima do guarda-roupa e colocou-a aberta sobre a cama. Começou então a trazer as roupas. Camisetas, jeans, um par de tênis, uma sunga. Pegava as peças, embolava e enfiava na mala. Tudo parecia escorregadio, úmido, pesado. Olhou as próprias mãos: *firmes como um beija-flor* — uma piada antiga, de quando aqueles sintomas ainda eram para rir. Estranho, estava muito cansado. Pensou na máquina de escrever, abandonada em cima da cômoda. Não tinha escrito uma linha naqueles quatro dias. Não fizera nada e estava exausto. Foi até o banheiro apanhar o nécessaire, mas, ao voltar, tinha a impressão de ter deixado muitas coisas para trás. Olhou com desalento para a mala aberta em cima da cama. Vai do jeito que está. Fechou, apertou. O zíper não corria, emperrava, havia pedaços de pano para fora, por toda parte. Tentou enfiá-los para dentro e cortou o dedo. Com um esforço enorme, conseguiu afinal pôr a mala fechada no chão. Pegou-a pela alça e saiu com ela. Esqueceu a máquina.

Quando chegou à varanda, sentiu os olhares dos colegas de internação. Vão ficar, otários? Eu vou embora. Desceu os degraus e tomou a aleia de terra que ia dar no portão. Depois de alguns passos, virou-se para trás e deu uma banana para os outros internos. Eles não riram. Tornou a caminhar, a mala pesada. Muito pesada. Lembrou que sua carteira, com dinheiro e documentos, tinha sido confiscada junto com a loção de barba e o resto. Mas não fazia mal. Ia atravessar o portão, chegar à estrada e pedir uma carona. De noite, nos momentos de maior silêncio, dava para ouvir os caminhões passando, um atrás do outro. Um deles o levaria de volta à civilização, onde havia dezenas de garrafas à sua espera.

Começava a suar muito. A mão estava molhada, e a mala, cada vez mais pesada, ia escorregando. Olhava para o portão, lá no fim da aleia. Tinha a impressão de estar andando há vários minutos, mas o portão parecia mais longe. O tremor, sempre — e voltava agora ainda com mais força. Dias antes, um colega o chamara sem querer pelo apelido que lhe tinham posto ao chegar: Toyota — o jipe que tremia muito.

A mala escorregou e caiu no chão de terra. Por sorte não abriu. Ele tentou se curvar para pegar, mas não conseguiu, o tremor crescia. Deixaria a mala para trás. Depois mandaria buscar. Não ia era continuar ali, nem mais uma hora. Recomeçou a andar. As pernas obedeciam a custo, os joelhos estavam amolecidos. Outra vez a sensação do chão incerto, a cabeça zonza, as imagens borradas, o sol na nuca, o suor escorrendo, tudo tremendo, ele, o caminho, e o portão cada vez mais longe.

Estava no limite das forças quando resolveu voltar. Olhou o portão. Teve certeza de que nunca ia chegar lá. Veio se arrastando de volta, humilhado. A mala ficou largada no meio do caminho. Quando chegou à varanda, a roupa empapada de suor, a cabeça baixa, agarrou-se com as mãos no corrimão que ladeava os três degraus. Conseguiu não cair. Mas teve de aguentar a vaia que os colegas estavam lhe reservando — sabiam que aquilo ia acontecer, que ele não iria conseguir. Foi até engraçado.

Acordou sem saber muito bem onde estava. Esfregou os olhos. Ah, na clínica. Ainda tremia muito. Levantou-se da cama e o chão continuava incerto. Mas ele ainda se lembrava das ordens: tomar banho e seguir para o refeitório. O café da manhã terminava às oito.

Entrou no chuveiro — a água parecia produzir milhares de pequenas agulhadas. Terminou de tomar a chuveirada e, com grande dificuldade, se enxugou. Não parava de tremer. Será que essa tremedeira não vai acabar nunca? Enfiou a roupa e se calçou como pôde, amparado na parede ou sentado na beira da cama. A primeira palestra era logo depois do café da manhã e ninguém podia faltar. Continuava achando tudo aquilo uma grande bobagem, mas já tinha entendido que precisava se recuperar antes de ir embora. O jeito, por enquanto, era seguir as regras.

Conseguiu se sentar no refeitório e tomar uma caneca de café com leite, mastigar um pedaço de pão com manteiga. Antes que se levantasse, uma enfermeira veio tirar sua pressão. Ele se deixou examinar, sem força para nada, nem para perguntar a ela se estava tudo bem.

Naquela manhã, a primeira palestra era com um pastor evangélico. A ladainha religiosa o irritava. Mas, quando as palavras faziam algum sentido em sua cabeça, como nas palestras a que assistira na véspera, ele até que achava interessantes. Principalmente as palestras mais técnicas, falando de como o álcool age no organismo, como se dá a progressão da dependência química. Para sua surpresa, nenhum dos terapeutas fizera qualquer condenação à bebida. Não era um pecado, eles queriam dizer, nem um vício — era uma doença.

— E quem não acredita em Deus, como eu? — perguntou.

Em resposta, o pastor apenas o olhou em silêncio. Não parecia zangado nem ofendido. Quase sorria. O homem estava decidido a continuar com a provocação ao pastor:

— Nunca tive relação com religião. Nunca fui batizado, nem nada dessas coisas. Meu pai era maçom.

O pastor fez que sim com a cabeça, como se entendesse. O homem foi em frente:

— Estou aqui por um tempo porque estava tendo uns probleminhas de saúde, mas assim que melhorar vou embora. Até acho algumas palestras interessantes, mas essa história de religião, de Deus, de poder superior, sinceramente, vou ser franco com o senhor: eu acho tudo isso uma bobagem.

Queria ver se o pastor se irritava. Mas o reverendo tinha um semblante cada vez mais sereno. Ficou olhando para o homem em silêncio por um longo tempo e, quando falou, disse as frases de forma meio recitadas, como se narrasse uma parábola:

— Vamos supor que você esteja se afogando em alto-mar — começou.

O homem ficou calado, sem entender aonde ele queria chegar. O religioso continuou:

— Já foi duas vezes para o fundo e, se descer uma terceira vez, morre. De repente, aparece alguém num barco a remo para salvá-lo. Um barco verde. E, então, você recusa o barco porque não gosta de verde.

RUY — Bebi pela última vez no dia 25 de janeiro de 1988, um mês antes de fazer quarenta anos. Fui internado em uma clínica para dependentes químicos perto de São Paulo. Os exames médicos que fiz quando entrei na clínica mostraram que eu estava com anemia, déficit de vitaminas e problemas circulatórios e gástricos — causa das hemorragias dos últimos meses. Os médicos disseram que se eu não parasse de beber teria no máximo mais dois anos de vida. Saí de lá quarenta dias depois e nunca mais bebi. Até hoje.

Tudo bem. Então fica estabelecido que o "poder superior" é a minha cabeça — se eu a recuperar.

O homem estava sentado na varanda, no intervalo entre duas palestras, pensando. Depois da história do barco verde, perdera o ímpeto de provocar o pastor. Não era comum ver-se derrotado no uso do instrumento que era a sua especialidade — a palavra.

Tinha ouvido falar que todos os instrutores da clínica eram alcoólatras. Não ex-alcoólatras, mas alcoólatras. Isso ele já tinha aprendido. Ninguém é ex-alcoólatra, assim como ninguém é ex--diabético. Não tem cura. O sujeito pode deixar de beber, mas a doença continua lá. E, se ele tomar o primeiro gole, volta tudo. É um dia de cada vez, como eles diziam o tempo todo. Será que o pastor também era um deles?

    Levantou-se ao ouvir a sineta. Observou as próprias mãos. Já tremia menos, quase nada. Quando entrou no auditório, continuava pensando. No pastor, nos instrutores, nos internos. Isto era uma coisa que o deixava chocado: como todos ali eram iguais. Nas palestras, era impressionante ouvir as histórias, todas muito parecidas com as dele. Não havia nada de original em sua própria história — e ele encarava aquilo quase como um insulto. Era decepcionante saber que sua brilhante trajetória alcoólica era um clichê.

    No passado, ele bebera com astros de Hollywood, cantores de Nova York, grandes nomes da bossa nova, diplomatas, políticos, escritores, jornalistas internacionais, mulheres bonitas. Mas a bebida era só um elemento no quadro, e nem parecia o mais importante. Fazia parte dele, assim como as frases de efeito, as cantadas elegantes e a sedução permanente, em ambientes de luxo como hotéis à beira-mar, restaurantes, nightclubs, e tudo isso com um piano ao fundo e alguém cantando "I can't get started" ou "Meditação". Mas aos poucos, com os anos, esses itens começaram a desaparecer, um a um. Um dia, de repente, tudo isso já deixara de existir. E sobrara apenas a bebida. No máximo, um balcão encardido, um bêbado vomitando ali perto e outro exalando álcool por todos os poros — talvez ele mesmo.

    Ficou de pé junto com os outros, à espera de que o instrutor entrasse. Quando isso aconteceu, todos se aproximaram e se deram as mãos. Com esse ritual já estava começando a se acostumar. Antes, achava uma idiotice. E detestava sentir na palma o contato da mão de outro homem. Agora já não se importava tanto.

Tampouco se importava em dizer em voz alta, junto com todos, a oração que precedia os encontros. Se era para rezar, rezava.

Olhos fixos à frente, apertando com força duas mãos desconhecidas, mas que admitia lhe serem próximas — afinal, aqueles homens eram seus pares —, ele começou. E sua voz grave, de dicção perfeita, se destacou das demais:

Concedei-nos, Senhor,
a serenidade necessária para aceitar as coisas que não podemos modificar, coragem para modificar aquelas que podemos,
e sabedoria para distinguir umas das outras.

HELOISA — **Quando saiu da internação, Ruy descobriu que seu casamento tinha terminado. A mulher que o ajudou a se salvar foi embora. É comum isso. Mas nem assim ele voltou a beber. Voltou a trabalhar feito um louco. E em pouco tempo já estava começando a pesquisar para seu livro *Chega de saudade*, que seria lançado dois anos depois. Ninguém podia imaginar a importância que esse livro teria na vida dele. Eu acompanhei tudo de perto, porque foi nessa época, fins de 1990, que nos conhecemos. Por causa do *Chega de saudade*, e da repercussão impressionante que teve, Ruy tornou-se escritor. Biógrafo. Fico arrepiada ao pensar que, se não tivesse parado de beber, ele nunca teria produzido suas biografias.**

Era hora do recreio — um período vago entre duas palestras. Como não perdera a noção do tempo, sabia que era seu décimo dia de internação. Sentia-se muito bem. A tremedeira parara completamente. Pensou em aproveitar e dar uma volta sozinho. Desceu os degraus da varanda e enveredou por uma das aleias, caminhando até o pátio que ficava na parte de trás do terreno.

Ali havia uma elevação, um pequeno morro, no qual reparara ao chegar à clínica. Decidiu ir até lá em cima. E o engraçado é que, se quisesse fugir de novo, agora seria capaz de fazer isso com alguma facilidade. Mas a hipótese nem lhe passava pela cabeça.

Começou a subir. Ia devagar, pisando com cuidado o caminho de terra batida. O fôlego estava bom, não se sentia nem um pouco cansado. Acendeu um cigarro. A temperatura era gostosa, soprava uma brisa, nem parecia verão. Olhava em torno e, por todo lado, só via o milharal. Havia uma beleza nova naquele ondear dos pés de milho ao vento, como se fosse um mar. Certamente já tinha ouvido essa comparação em algum lugar, mas ela lhe parecia carregada de um frescor, de uma força desconhecida. Continuou subindo.

Quando chegou ao ponto mais alto do morro, parou e olhou para baixo. Ficou espantado com a vastidão da paisagem, com tudo o que estava enxergando. Era uma visão em cinemascope, ele diria depois. Ajustou os óculos, respirou fundo, sentindo o vento no rosto.

Via as plantações à sua volta com muita nitidez, com uma clareza incomum. Enxergava longe e largo. Entendeu, de imediato, que a sensação de novidade que sentira na subida não vinha da paisagem, mas de dentro de si. E desceu sobre ele uma certeza absoluta: era, naquele instante, capaz de entender tudo o que já lhe acontecera na vida. Tivera todas as oportunidades do mundo, tudo viera parar em suas mãos, nada tinha sido difícil, nunca precisara se esforçar muito. Era um privilegiado — e abusara desse privilégio.

Tornou a inspirar com força, o ar frio lhe invadiu as narinas, raspando as margens. Sentia tudo, via tudo, entendia tudo. Era como o Aleph. Sua vida inteira estava ali, resumida, como dizem que acontece na hora da morte. Enxergava tudo o que fizera e percebia a presença do álcool em sua vida. Nunca, nos últimos vinte anos, passara um único dia sem ingerir produtos que lhe alterassem a consciência. E agora estava inteiro, limpo, quase onipotente em sua lucidez tremenda, em seu mais absoluto vigor físico. Se a lucidez era isso, e se o preço para manter essa lucidez era parar de beber, então ia tentar não beber mais.

Aquele momento era uma revelação. Uma epifania. Ele não podia saber, então, mas tal estado de felicidade plena se ampliaria e se estenderia pelos anos seguintes. Seriam quase duas décadas de enorme criatividade e paz, até que a vida lhe apresentasse um novo, e dificílimo, desafio: a quarta ranhura na coronha do rifle, mais um xis na parede da cela, o novo anel no rabo da cascavel.

O quarto selo.

QUARTO SELO

Língua

Não gostei.
O pedaço de papel, tirado de um bloco pequeno, capaz apenas de cobrir a mão de um homem, estava sobre a mesa. No alto, a folha trazia impresso o nome do médico e sua especialidade. Na extremidade inferior, o endereço do consultório e os telefones. Mas o que interessava era o espaço entre uma coisa e outra, aquela superfície branca em que fora escrita a frase, feita às pressas, com caneta tinteiro.
Não gostei.
Duas palavras, mais nada, gravadas na polpa, mínimos sulcos preenchidos com tinta — ali estavam, diante dos olhos da mulher.
Depois de rabiscar, tão nervosas, a frase no bloquinho, as mãos do médico tinham destacado a folha e a empurrado na direção dela, virando o papel de cabeça para baixo para que ela, à sua frente na mesa, pudesse ler. A mulher ficou parada, olhando aquilo. Imóvel. Nenhuma palavra, nenhum suspiro, nem sequer um olhar de indagação muda para o médico, qualquer coisa que

buscasse um complemento, um esclarecimento, uma extensão. Não. A frase tinha já um significado imenso. Por ora, era melhor não perguntar nada, nem com os olhos nem com a boca. As duas palavras ali escavadas se assemelhavam a uma inscrição de cinco mil anos que um arqueólogo encontrasse depois de uma procura de décadas, uma vida inteira de dedicação e estudo. Duas palavras, uma sentença — sentença que é frase, mas é também sinônimo de condenação.

Os olhos tolos da mulher saíram, a custo, da contemplação da frase e erraram pela superfície de cristal da mesa, os blocos, o porta-canetas, a espátula. Nesse instante, as mãos do médico recolheram o papel. Silêncio. Era uma coreografia secreta, cena saída de um filme de espionagem, o agente que passa o recado para o comparsa, enquanto eles bebem, como dois estranhos, no balcão de um bar. Ninguém fala, ninguém olha nos olhos.

Agora pareciam exaustas, as mãos do médico. No dorso dos dois dedos maiores havia pequenos chumaços de pelos, bem escuros. Nos outros, não. No encontro entre as falanges, rugas formavam rodamoinhos. A mulher se fixou em uma daquelas espirais, tentando não prestar atenção nos rumores por trás do biombo. Era o marido se vestindo depois do exame.

Os ruídos foram penetrando. Ela não queria, mas não podia evitar. Tecidos, suspiros, um pigarro. Rumores de uma normalidade absurda, indiferentes à sentença de duas palavras que fora inscrita no bloquinho. Enquanto ela se distraía por um momento com os murmúrios do homem, o médico fez um gesto que ela não captou bem. E a folha de papel já não estava à vista em cima da mesa. Talvez tivesse sido embolada e jogada no lixo. O tampo de cristal voltava a ser apenas um tampo de cristal. Dele desaparecera, ainda que apenas por um momento, a nódoa de terror.

Já vestido, o homem saiu de trás do biombo. Sorria, como sempre, embora seus gestos denunciassem certa pressa. Queria ir embora, voltar ao trabalho. Não podia perder mais tempo com médico, consulta, exames. Ele não disse isso, mas pensou. E a mulher ouviu. Depois de alguns anos juntos, as mulheres começam a ouvir o que seus homens pensam.

O médico começou a falar. Disse que ele precisava ver um especialista — e que tinha de ser logo. O homem tentou argumentar, disse que estava muito ocupado, que tinha um livro para escrever. Mas o médico foi taxativo: precisava ser já, naquele dia. E anunciou que ia ligar para o especialista, a fim de marcar a consulta sem demora.

Pegou o telefone e pediu à secretária que fizesse a ligação. A partir desse instante, todo o cenário em torno da mulher, o médico à sua frente, a mesa de cristal, a janela envidraçada às costas dele, com a linda paisagem do paredão do Corcovado, a mata do Sumaré, o Cristo no alto — tudo foi mergulhando na água. Era uma água fria, que ia subindo, como nos filmes, mais uma vez como nos filmes.

Em pouco tempo, estavam submersos. Era um mundo de gelo e também de silêncio — como em toda cena subaquática, não havia sons. Mas ela lia perfeitamente os movimentos labiais do médico. Entendia tudo o que ele estava dizendo para seu colega, o especialista. Falava em linguagem cifrada para que ela e o marido não entendessem — mas a mulher captava tudo, sem querer. As mãos do médico seguravam com força o fone. Os pequenos tufos de pelos nos dedos médios ali estavam, e os dedos brilhavam. O médico suava, parecia nervoso. *Ele está com medo*.

Dentro d'água, a mulher inspirava e expirava, bem devagar, tentando recuperar o controle da situação. Era um território irreal aquele, não fomos feitos para respirar na água. E de repente ela já não sentia os pés. Nem os dedos da mão nem o couro cabeludo. Estavam todos adormecendo. De fora para dentro, seu corpo, contaminado pela água e pelo frio, desaparecia.

Voltou a prestar atenção na respiração, no ar que, apesar da água, insistia em penetrar nos pulmões. Mas a dormência em seu corpo a invadia devagar, sem pressa. E ela entendeu que ia desmaiar.

Essa constatação foi quase um insulto. Achou intolerável a ideia de uma mulher, ao receber a má notícia, desmaiar. Achava que isso só acontecia no cinema. Era ridículo, um vexame. Não podia deixar acontecer. Precisava recuperar o controle de qualquer maneira. Mas a água gelada continuava penetrando por seus poros, nada a detinha. Era questão de tempo.

— Você está passando mal?

A voz do médico, depois de desligar o telefone, atingiu-lhe os tímpanos. O silêncio tinha sido rompido. Mas a água gelada continuava lá. Conseguiu balançar a cabeça. Murmurou:

— Estou.

O médico se levantou e veio ampará-la, fez com que ela se deitasse na mesa de exames. Ela, que estava ali apenas para acompanhar o marido, ela, que devia ser forte, que estava ali para ajudar. Recostou-se com cuidado e, enquanto o médico se preparava para lhe tirar a pressão, a mulher ouviu a frase do marido, dita com uma pontinha de impaciência, mas achando graça.

Ainda mais essa...

HELOISA — Foi no verão, uma semana antes do Carnaval — que, naquele ano, 2005, caiu no início de fevereiro. Nós estávamos juntos há quinze anos e eu conhecia Ruy muito bem: ele não ficava doente nunca, não pegava nem resfriado. Mas, naqueles últimos meses, vinha se queixando de uma sensação de congestionamento na garganta, um pigarro que não passava. E, naturalmente, não queria nem ouvir falar de ir ao médico. Dois meses antes, em dezembro, depois de quatro anos de pesquisas, tinha começado a escrever *Carmen*

— a biografia de Carmen Miranda — e, quando escreve, Ruy não quer saber de mais nada, menos ainda de ir a médicos. Mas eu tinha notado uma coisa estranha: ele, que sempre adorou comidas muito salgadas, já não notava se o feijão viesse com menos sal. Parecia estar perdendo o paladar. Foi por causa disso que insisti para me deixar levá-lo a um clínico geral.

A consulta foi marcada para o meio-dia daquela sexta-feira, 28 de janeiro.

Mais uma vez, os detalhes. O olhar da mulher se fixava nos detalhes, como se buscasse neles uma salvação. Agora era o pequeno vaso de flores, de vidro transparente, tendo um raminho de margaridas em tamanho minúsculo, que pareciam de mentira. Mas eram de verdade. Havia, no fundo do vaso, dois dedos de água, a planta só podia ser de verdade.

Tinham saído do consultório do médico e precisavam fazer hora para ir, às duas da tarde, ao especialista. Conversavam como se nada estivesse acontecendo. Chegaram os sanduíches, os refrigerantes. Em torno, o ambiente era conhecido, acolhedor, o café da livraria que eles tanto frequentavam, onde se sentiam abraçados, sempre. "As livrarias são lugares de amor", ele dizia. "Quando estou em uma livraria, tenho certeza de que nada de mal pode me acontecer aqui."

— Não é caso de operação.

A frase, dita pelo médico, ainda segurando a pistola com uma microscópica câmera na ponta, parecia uma boa notícia. Mas não era. O homem não sabia, mas a mulher, sim. Ela prestava atenção em tudo. Prestava atenção em coisas demais. Os detalhes, sempre os detalhes. Aquelas antenas que lhe pareciam contar tudo o que não queria saber não paravam de captar sinais. Os médicos não mentem, apenas omitem. Os médicos só dizem aquilo que o paciente pede para ouvir. Há os eufemismos, os disfarces. Especialista, não oncologista. Nem câncer nem tumor — lesão.

Pelo menos agora a mulher sentia os pés bem plantados nas lajotas brancas, não havia a sensação de água ou gelo. Sabia onde estava pisando. Subitamente, sentia-se pronta.

A frase significava que não era *mais* possível operar. Já era tarde para isso. Embora as palavras não fossem ditas por inteiro e as expressões fossem escolhidas para não provocar choque, a mulher entendia.

Tudo bem, hoje em dia câncer não significa morte. É o que dizem. Há tratamento, não é uma sentença. Mas é preciso detectar logo. E evitar a todo custo que se espalhe.

O especialista guardou a pistola com a câmera na ponta e pegou uma seringa gigante, com uma agulha comprida. Explicou que ia fazer uma punção, tirar um pouco de líquido para um exame mais profundo. Nesse momento, foi sincero:

— A biópsia é apenas para ter o atestado por escrito, porque o diagnóstico já está feito. Eu não tenho nenhuma dúvida.

Disse que a lesão no pescoço não era primária. Outro eufemismo. A mulher sabia o que aquilo queria dizer: o tumor no pescoço era uma metástase — palavra quase tão terrível quanto câncer.

— Isso já está aqui há algum tempo — completou o médico.
— Seis meses, pelo menos.

Naquela noite, uma sexta-feira, fizeram o que sempre faziam. Caminharam pelas ruas do Leblon, tomaram sorvete, chá, café. Mexeram em livros e discos, conversaram, riram. Depois, em casa, sentaram-se no sofá de dois lugares, forrado de um tecido verde-musgo, um pouco áspero, para assistir a um filme. Estavam juntos, lado a lado no sofá, sem dizer nada. O gato preto e branco, gordo, já se aninhara no tapete, sob a mesinha de centro. O filme começou. Na penumbra, a mulher espiava o homem com o canto do olho, entre uma cena e outra. Via os caminhos que a fumaça do cigarro traçava no ar. Eram caminhos tortuosos, incertos. Ele segurava o pequeno cilindro branco entre os dedos, depois de acender com o isqueiro de metal prateado, cuja tampa se abria para o lado, com um estalo. Havia em todos os gestos dele uma elegância, fruto da intimidade de muitas décadas. Não conseguia imaginá-lo sem um cigarro entre os dedos. Mas ambos sabiam que aquele seria um dos últimos.

Ele vai conseguir, pensou a mulher. Vai parar de fumar, assim como parou de beber. Vai se tratar e ficar bom.

Ela queria muito acreditar nisso.

Depois de alguns minutos, o homem se inclinou para a mesa de centro e esmagou o cigarro no cinzeiro de cristal azul-marinho, estalando os dedos no ar para afastar o calor da última brasa. A mão veio então repousar na coxa dela. A mulher a acariciou.

Aquelas mãos tinham sido a primeira coisa que ela apreciara nele. Antes do sorriso, antes mesmo das palavras. Lembrava-se bem daquela noite no restaurante de frutos do mar, no Leme, os dois e a amiga em comum que os apresentara — sentados, conversando, rindo muito. Ele se sentara diante dela, com os braços cruzados, uma das mãos desaparecida sob a axila, a outra abraçando o ombro oposto. Ela se fixara naquela mão. A pele morena, os dedos bem-feitos, o polegar com a base carnuda. Foi a primeira vez que se lembrou da frase da amiga sobre os homens de polegares fortes, parecendo uma coxa de galinha. "São gostosos. São bons de cama." Teve de conter o riso. Ele continuava olhando para ela, com um olhar que parecia perscrutar seus pensamentos. Os dois falavam, ela mais do que ele. Por alguma razão, tinha surgido o assunto de uma viagem que ela fizera anos antes. Eram histórias engraçadas, ele ria. O rosto ria, mas o olhar não. O olhar era sensual, como se estivesse imaginando coisas. Era como se ele a desnudasse. Como se fossem fazer amor ali mesmo, em cima da mesa, no meio do restaurante, os corpos lambuzados de paella. Ela ria também, contando as aventuras da viagem, enquanto lhe passavam pela mente, entrecortadas, essas cenas lúbricas, mas com um toque de comicidade.

Poucas semanas depois, lá estavam eles, de novo juntos e rindo outra vez. Sentados em um banco na praia do Arpoador, não apreciando o mar nem o horizonte, mas observando as pessoas que passavam, e torcendo para que pisassem em um cocô de cachorro que tinham avistado nas pedras portuguesas. Como se fosse um jogo.

— Aquele lá. Aposto que vai pisar.

O humor, o sorriso, e o prazer que vinha dele, foram marcas desde sempre. Faziam muitas coisas quando estavam juntos. Mas, sobretudo, riam.

No sofá verde-musgo, a mulher apertou a mão do homem entre as suas e olhou para a frente, tentando se concentrar no filme. Mas de vez em quando tornava a espiar o rosto dele. Estranho pensar que ali, por trás daquela pele, encravado na carne, crescia um monstro assassino. Células enlouquecidas, multiplicando-se, tomando tudo — a matéria voraz. Estranho pensar que partículas tão pequenas dele próprio, rebeladas, se transformavam em nódulos, em vários nódulos, quase inteligentes em sua determinação de matar, comunicando-se entre si para espalhar o mal, como as crianças alienígenas de Midwich. A *aldeia dos amaldiçoados*, era como se chamava o filme. Crianças vindas do espaço, plantadas no ventre das mulheres da aldeia, meninos e meninas que cresciam e assustavam, com seus cabelos brancos e olhos mortos. Tinham um poder de intercomunicação que era sobrenatural: quando um aprendia uma coisa, todos aprendiam. *Os tumores também são assim.*

RUY — Eu já tinha desafiado a morte outras vezes. Tinha cheirado muito, bebido todas e passara por muitos apertos sem sentir medo. Mas aquilo era diferente. Eu nunca ficava doente nem sabia o que era isso. Ia fazer cinquenta e sete anos e estava começando a escrever o livro mais importante da minha vida. Não podia me dar ao luxo de morrer.

A mulher terminou de espalhar no rosto a pasta branca e se olhou, antes de enfiar a bola vermelha no nariz. Da sala e dos outros quartos, vinha o alarido dos amigos, que também se aprontavam. Estava quase na hora. Não era a primeira vez que ela ia desfilar em uma escola de samba. Já tinha desfilado muito, em várias escolas, sempre com os amigos. Mas naquele ano era diferente. Porque ela guardava um segredo.

Era um segredo escuro, pesado, acha de lenha tirada de um bosque sombrio. Precisava carregá-lo sozinha, no meio da festa, e isso era o mais difícil. A alegria não respeita a dor. É inoportuno, inadequado, sofrer no Carnaval.

Encaixou a bola vermelha. Retocou a pontinha preta da sobrancelha pintada, exagerada, formando um gigantesco acento circunflexo. E, por último, enfiou a peruca amarela, com o chapeuzinho no alto, azul e branco. As cores da Portela. Nunca tinha desfilado pela escola de Madureira, tão querida dela própria. Pena que acontecesse assim. Olhou para baixo, para a calça larga, quadriculada, com a cintura de arame, pendurada nos suspensórios e balançando. Era como se seu segredo estivesse ali dentro, escondido, um coração de chumbo. Mas precisava ser desse jeito. Ninguém podia saber. Se ela anunciasse que não ia mais desfilar, os amigos desconfiariam. E os dois não queriam que ninguém soubesse. Tinham decidido manter tudo em segredo. Ela aprontou o sorriso e saiu do quarto. O segredo ia junto, na boca do estômago.

Quando a escola entrou na avenida, as luzes e os sons formaram em torno dela uma massa compacta, ameaçadora. Sentia um torpor. Fazia muito calor sob aquela roupa de palhaço, mas a mulher tinha a impressão de estar caminhando na neve fofa, por um descampado sem fim, o coração opresso pela certeza de que não ia conseguir, de que ia sucumbir. Frio, doença, morte — eram sua fantasia naquela noite. Pensou no conto de João do Rio, da mulher sem nariz que só gozava no Carnaval, *O bebê de tarlatana rosa*. Ela era aquela mulher, só que às avessas — sob seu nariz falso, não havia gozo, só pavor.

Ela não tivera tempo de aprender direito a letra do samba. Não cantava, só fingia. A letra que lhe vinha à cabeça era outra, muito antiga, do início dos anos 1980, de um ano em que a Portela fizera um desfile horroroso com um samba lindo. *Essa onda que borda a avenida de espuma e me arrasta a sambar*. Era isso. Uma onda, uma espuma azul e branca, um rodamoinho quase lilás, porque o dia vinha querendo nascer. E ela pensando na morte, na morte e na morte. Começava a surgir dentro dela a certeza de que ele ia morrer.

Pensava em ligar, perguntar diretamente ao médico, mas lhe faltava coragem. Guardaria a dúvida dentro do peito, com carinho, com desvelo, a dúvida seria sua aliada nos próximos meses. A dúvida estava ali agora, debaixo da roupa de palhaço, desfilando com ela e com o chumbo da dor escura. Mas era melhor do que a certeza. Era câncer. Era antigo. Era inoperável. E atingira os gânglios linfáticos. Metástase. Era a morte, não podia haver dúvida. Incrível, nunca poderia imaginar que ele ia morrer um dia — a morte não combinava com ele. E menos ainda de câncer. Dizem que tem câncer quem guarda rancor, quem não diz o que pensa, remói. Câncer era para ela, não para ele. Ele poderia ter um enfarte e cair morto, isto sim, mas câncer, não.

Piscou os olhos. As luzes em torno estavam borradas, disformes, o mundo parecia derreter junto com a maquiagem. Não era pesadelo, era real. Nada podia apagar a verdade horrível. Passou a mão na pele encharcada de suor e pasta branca. Já fazia uma semana que ela saíra do consultório com aquele pedaço de papel pregado na testa. *Não gostei.*

HELOISA — Tenho tudo escrito, guardado. Tenho até o calendário daquele ano, com os dias circulados de vermelho. Entre 28 de janeiro, o dia do diagnóstico, e 4 de outubro, o dia em que Ruy pôs o ponto-final no livro *Carmen*, foram trinta e quatro sessões de radioterapia, num total de noventa e três irradiações, sete sessões de quimioterapia, com vinte horas de aplicações, vinte e nove consultas médicas, quinze idas ao dentista, cinco biópsias, cinco exames de sangue, duas ressonâncias magnéticas, duas chapas de pulmão, uma endoscopia, uma cirurgia com duas passagens pelo centro cirúrgico, seis dias de internação, dezesseis punções para tirar líquido do pescoço e sessenta e uma sessões de fisioterapia. E Ruy fez tudo isso enquanto escrevia o maior livro de sua vida.

O homem se encostou no ponto em que a pia da cozinha formava um canto e fechou o punho. Era assim que se postava toda vez que ia comer. Comer, não. Ingerir alimento. Não se podia chamar aquilo de comer. A alternativa seria fazer a gastrostomia, botar o tubo ligado direto ao estômago, ser alimentado por sonda. Era o que a maioria das pessoas fazia, mas ele não. Queria resistir até onde fosse possível. Por isso ficava assim parado, como um gato acuado, esperando o ataque.

Antes de cada uma daquelas refeições, gargarejava com um líquido vermelho, mistura de várias drogas, entre as quais um derivado da xilocaína, a fim de anestesiar o caminho. Às vezes, nessas horas, pensava na irmã. Varizes no esôfago, o caminho do alimento. *Ela também não podia comer.*

A empregada chegou com o copo alto, o copo de milk-shake, igual aos do Bob's, de que ele tanto gostava. Mas agora o que ia acontecer não tinha nenhuma relação com prazer.

— Carpete batido — disse ele, rindo. —Milk-shake de carpete.

A empregada riu também. Em seguida, ele fechou ainda com mais força o punho e virou o copo. Quanto mais depressa acabasse, melhor.

E o líquido desceu pela garganta em carne viva.

HELOISA — **Durante os primeiros três meses de tratamento, por causa das queimaduras da radioterapia, que era diária, Ruy só bebia líquidos. Emagreceu doze quilos. Chegou a interromper o tratamento por dez dias porque a pele do pescoço ficou em carne viva. E ele dizia: "Imagino como não está do lado de dentro!". Sofria também com a quimioterapia, que fazia uma vez por semana. Não tinha enjoo, mas no dia seguinte sentia fraqueza, alternando com uma sensação de intoxicação, como se tivesse ingerido alguma coisa tóxica.**

Era para ser um passeio. Coisa simples, apenas uma volta de carro, um arremedo de tantos momentos gostosos que tinham passado juntos até então. Era sábado e fazia sol. Há semanas que não viam ninguém, não iam a lugar algum a não ser a hospitais, laboratórios, consultórios. Eram, os dois, um círculo fechado, feito de esperança e pavor. Ele estava cansado, a sessão semanal de quimioterapia fora na véspera, mas ela insistiu. Tinha certeza de que uma volta de carro lhe faria bem, disse. Os vidros fechados, o ar ligado, o aparelho de som tocando Tom Jobim ou Blossom Dearie. Lá fora, as praias, o mar, as pessoas felizes pelas ruas, aquelas pessoas que habitavam um mundo de sons e cores, um mundo despreocupado, onde ninguém fica doente nem morre. Ele aceitou ir.

Tomaram banho e saíram. Pegaram o elevador dos fundos, que ia dar na garagem. Ela abriu o carro, tomou posição ao volante, encaixou o cinto e olhou para o homem, sentado a seu lado. Ele sorriu, mas parecia mais cansado do que nunca.

— Você não vai acreditar. Mas estou sentindo um arrepio — disse ele.

— Um arrepio?

— É.

Ela desligou o motor que acabara de ligar. Pôs a mão na testa dele. Estava muito quente.

Era estranho, porque, minutos antes, ela segurara o braço dele e a temperatura estava normal.

— Não vamos mais sair.

Fecharam o carro e tomaram o elevador de volta. Assim que entraram, ele foi até a sala e se sentou na poltrona junto à janela. Ela olhou para ele. Estava tremendo. Tinha trancado os maxilares, mas o queixo vibrava.

— Vou pegar o termômetro — disse a mulher. Mas, antes que se afastasse, viu que de repente ele tremia mais e mais, o corpo inteiro tomado por um movimento convulso, incontrolável.

A mulher foi correndo até o banheiro e pegou o remédio para febre. Deixou para pegar o termômetro depois. Tinha certeza de que a temperatura dele estava muito alta. Impressionante como a febre se instalara de repente. *As infecções fazem isso.*

Voltou à sala com o copo no qual pingara as trinta gotas do antitérmico. O homem agora era todo ele um vulcão a ponto de explodir, sacudido da cabeça aos pés por uma vibração crescente. A mulher estendeu o copo, mas ele não conseguiu segurar. Ela precisou firmar a mão dele, para que o líquido não derramasse e, ao fazer isso, sentiu a pele da mão como brasa. Tentou controlar o pânico. Mas ele, antes de dar o primeiro gole, olhou para ela por cima do copo e disse, brincando:

— Juro que eu não bebi!

HELOISA — Ruy teve flebite na veia do braço, com uma febre de mais de quarenta graus, que o deixou tremendo como se estivesse com malária. A médica explicou que uma bactéria havia penetrado no braço através da agulha da quimioterapia. Eu nunca tinha visto nada parecido.

De olhos fechados, o homem esfregou o xampu na cabeça, fazendo uma carapaça de espuma. Esfregou e esfregou, com toda a força de que era capaz, para só depois, quando a espuma já começava a ganhar solidez, reentrar sob o jato d'água. A espuma agora escorria para o chão, para o ralo, em gotas pesadas, ele sempre com o rosto virado para cima, exposto à água, os olhos fechados. Quando sentiu que o cabelo já estava completamente enxaguado, abriu os olhos devagar, recuando um passo para que o jato não caísse em cheio sobre seu rosto. E foi nesse instante que sentiu a vertigem.

Deu mais um passo atrás, amparou-se na parede do boxe. Não entendeu bem o que estava sentindo. Mas, por um momento, sob o chuveiro, sentiu como se uma faca — uma lâmina movida pela mão de um duende — lhe ferisse a garganta. A essa sensação absurda de estar sendo ferido, seguiu-se outra, esta já sua conhecida: a impressão de estar indefeso. Na verdade, sempre se sentira assim durante o banho. Como se, sob a água, estivesse fragilizado, incapaz de *se manter no controle*. Respirou fundo, já estava passando. Não era nada, apenas uma sensação, um susto. Ainda não sabia que a sensação voltaria muitas vezes, e não apenas no banho. Ainda não sabia que aquela sensação de uma faca na garganta era a materialização da ansiedade mais aguda. Da angústia.

Eles ficavam muito em casa, a vida paralisada. Quase só saíam para as sessões de radioterapia, que eram diárias. Pegavam o carro, ela dirigindo, e tomavam a rua arborizada que subia pela encosta do Corcovado, em direção à clínica, no meio da mata. Era uma sensação agradável passar por aquela região todos os dias, atravessando ruas de figueiras e jaqueiras centenárias, manhãs de outono no Rio. Era quase bom.

Mas, quando em casa, o homem estava sempre trabalhando, trabalhando. E foi assim que, em um desses dias, a mulher resolveu fazer uma arrumação nos armários, para ajudar a passar o tempo.

Começou por um compartimento onde havia muitas pastas de documentos, exames médicos antigos, papéis. Estava tudo desorganizado, e ela, achando que havia ali muita coisa que já não precisava ser guardada, começou a abrir os envelopes um a um, inclusive aqueles grandes, trazendo exames de imagens, ultrassonografias ou chapas de pulmão. Olhava as datas do lado de fora dos envelopes, abria, lia os laudos e espiava os filmes negros com suas manchas incompreensíveis.

De repente, ao puxar de dentro de um envelope uma chapa de pulmão, sustou o gesto. Ficou imóvel por alguns segundos. Só depois, aos poucos, continuou puxando para fora do envelope aquela matéria escura, onde se delineava a mancha frontal de um corpo, os pulmões bem visíveis, a linha dos ombros, a curva acima da clavícula se fechando para formar o pescoço. E bem no centro deste, atravessando a garganta de um lado a outro, como se cravada ali por um louco assassino — uma faca.

Lembrava-se bem daquele dia. Fazia muito tempo, cinco ou seis anos. O homem andava sentindo umas dores nas costas, mas acreditava — e o médico que o atendera também — ser apenas um mau jeito, misturado talvez com um pouco de cansaço. Por via das dúvidas, o médico sugerira que ele fizesse um raio-x do tórax.

A mulher foi com ele. Enquanto o homem estava lá dentro fazendo o exame, ela ficou sentada na sala de espera vazia. Folheou revistas tolas, pensou, pensou, observou as próprias mãos. Começava a achar que estava demorando muito, quando uma porta se abriu e um enfermeiro, vestido de azul, veio chamá-la. Seguiu o rapaz por um corredor comprido e, lá dentro, em uma saleta, encontrou o homem sentado, sorrindo.

— Aconteceu uma coisa estranha, disse ele.
— O que foi?
— Quando revelaram o filme, apareceu uma faca na minha garganta.
— O quê?
— Uma faca. Você vai ver.

Tinha acabado de falar quando o médico entrou na sala, com uma chapa de raio-x na mão. Enfiou a chapa em um quadrado de vidro que havia na parede e acendeu um interruptor. A chapa se iluminou: mostrava o tórax de um homem, frontal, a linha dos ombros, o pescoço. E uma faca cravada na garganta, atravessando a carne, de um lado a outro.

— Aconteceu uma coisa muito estranha.

A voz do médico quebrou o silêncio. Era a mesma frase que o homem dissera pouco antes. O médico continuou:

— O radiologista me chamou para ver e tiramos uma nova chapa, que, claro, está normal. A única explicação é que essa faca tenha vindo impressa no filme, um acidente, um... não sei.

A mulher chegou mais para a ponta da cadeira. Era uma faca comum, de cozinha, de ponta fina, com cabo de madeira e dois parafusos perfeitamente visíveis. Estava na base do pescoço, atravessando-o por inteiro, exceto pela pontinha, que extravasava a pele, à esquerda. O médico recomeçou a falar:

— Mas é difícil de entender, porque a chapa de raio-x vem selada da fábrica e não há como botar uma faca dentro do aparelho.

E virando-se para o homem:

— Sabe que, por um momento, cheguei a pensar que a faca estivesse realmente cravada no pescoço do senhor? É incrível! Nunca vi nada igual!

Sentada no chão do quarto, diante do armário, a mulher continuava a olhar para aquela velha chapa de pulmão, de um tempo em que ainda não havia doença, não havia dor. Na ocasião, os dois tinham saído do laboratório rindo muito, levando a chapa como um troféu, para mostrar aos amigos. Depois, o raio-x ficara esquecido, no fundo do armário. Nunca mais tinham pensado nisso. Nem feito nenhuma associação com o que estava acontecendo agora. O tumor. Mais do que o tumor, a sensação de que o homem se queixava — e a maneira como a descrevia: a angústia que se parecia com uma faca na garganta.

HELOISA — **Facas, agulhas, carne viva. Ruy sofria. Mas passava o dia escrevendo, horas e horas, como se assim estivesse dentro de uma** redoma, a salvo de todo mal. Não havia cansaço nem dor. Era como se ele fosse só um cérebro usando aquele corpo alquebrado para se manifestar. O corpo era seu cavalo.

RUY — Eu estava exatamente no que seria a página 89 do livro [*Carmen: Uma biografia*], quando recebi o diagnóstico de câncer na base da língua. Era o quinto capítulo. Tudo o que foi escrito dali para a frente, todas as quase quinhentas páginas seguintes, foram feitas durante o tratamento. Eu tinha de conseguir. Não podia decepcionar a Carmen.

Escrever. Escrever para não perder a sanidade, para não morrer. Afinal, não fora assim que acontecera com ela própria, desde o princípio? A mulher sabia. Quantas vezes já não confessara — um pouco constrangida, é verdade — que tinha começado a escrever por um ato de covardia, não de coragem? Pelo medo puro e simples de morrer se não o fizesse? *Aquele mundo de histórias, que eu me contava desde criança, tornara-se tão denso, tão compacto, que eu tinha certeza de que estava a ponto de se solidificar e me matar, como um câncer. Então, cortei a carne e deixei correr a estranha seiva.*

A mulher sabia.

Não parar, não pensar, ser apenas um punhado de recordações, lembranças desconexas, sabores, cores, cheiros. Desfiar delícias como se recitasse um mantra, deixar que cada uma das sensações vá entrando pelas narinas, pelos olhos, pela boca, pelo sexo — fluindo através desse corpo imaginário que é a memória. Um calor de pedra nas costas, os olhos fechados, o som grave das ondas que batem na praia com mansidão, o ruído metálico dos pássaros. Camarão frito, gosto de suor, maresia. O martelar distante do motor de uma traineira, algumas vozes, uma risada. Sol, muito sol. Mas também muitos crepúsculos. A areia dourada vista de um quiosque em Geribá, o brilho se esbatendo praia afora, até dar no morro sombrio, com seus cactos que parecem um exército de fantasmas. O mesmo dourado em Ipanema, numa tarde em que o mar do Arpoador é um aquário transparente com seus cardumes de pequenos peixes, mar que se esqueceu sobre a areia e formou piscinas, onde os retardatários — aqueles que realmente amam a praia — se deixaram ficar, sentados com água pela cintura. Mate, limãozinho, biscoito Globo. E ainda o mar. Um mar todo ouro, todo tremulinas, visto da ponta de Montserrat, junto a uma das igrejas mais velhas da Bahia, com o sol batendo em suas paredes caiadas e fazendo arder a vista. Um gosto de pitanga, de sorvete de pitanga da Ribeira. Ou uma tarde no Douro, às margens do rio, vendo o casario antigo morro acima, a ponte de ferro, o avanço lento das barcaças. Ou ainda uma tarde no Trastevere, por entre ruelas e fontes, com um sol romano, frio e preguiçoso, que se deita sobre as pedras, iluminando as flores nas sacadas como numa urna pintura. Uma livraria inglesa, um cheiro bom de papel. Uma tarde em São Marcos, já quase vazia àquela hora, o sol brilhando nas cúpulas bizantinas da catedral, fazendo seus mosaicos se multiplicarem, enquanto os primeiros pontos de luz se acendem nas mesas dos cafés. Um som de bossa nova, um gosto forte de café e licor. Mas não só crepúsculos, também muitos nasceres de sol, muitos dias nublados — muita chuva. Um banho sob o jato de uma calha, em meio a um temporal de verão, desafiando os trovões, uma sensação de poder, de indisciplina — uma sensação de ser criança. Um filme de Woody Allen, um filme, muitos filmes, conversas, risadas. Uma roda de samba, um Carnaval inteiro, uma noite de bambas na velha gafieira transformada em centro cultural. Pastéis, sopa de siri, caldinho de feijão. Passeios casuais por entre livros, novos e velhos, a doce poeira dos sebos na ponta dos dedos. Um vatapá, uma bouillabaisse, um prato de moules com batatas fritas no Le Gorille, olhando a vista do porto velho de Saint-Tropez, um jantar à luz de velas numa noite fria de verão europeu. Paris. Um abraço à meia-noite, um Ano-Novo em Copacabana. Uma carícia, uma barba cerrada, um cheiro de lavanda. Um beijo. Um milhão de beijos. Apenas um milhão de beijos depois. Sempre.

A mulher ia entrando na cozinha quando ouviu o ruído. Parou. Era um ruído estranho, inquietante. Nunca tinha ouvido aquilo antes. Então se lembrou do texto que escrevera na revista. *Mantra.* Era manhã de domingo, o homem estava com os jornais. Na certa, acabara de ler. A mulher deu mais alguns passos, se esforçando para que ele não percebesse sua aproximação. Apurou os ouvidos. E então teve certeza. Eram mesmo soluços. Pela primeira vez, em mais de quinze anos, ela testemunhava aquilo.

Ele estava chorando.

O garçom trouxe o prato e colocou diante dele. Um prato pequeno, com quatro forminhas brancas e, dentro de cada uma delas, uma empada dourada, a película de gema de ovo, endurecida pelo forno, ameaçando rachar, como uma pintura renascentista. Eles sorriram um para o outro. E o homem pegou a primeira.

Levou à boca, deu uma dentada. A massa esfarelou-se, liberando o recheio pastoso, quente, amarelo, trazendo junto um pedaço grande de camarão. O homem mastigou, engoliu. Os olhos alegres diziam o que ele estava pensando. *Consegui.*

Era o que ele chamava de "o teste da empadinha". Depois de quase três meses fazendo sessões diárias de radioterapia, depois de perder completamente a capacidade de produzir saliva e de sentir sabor, ele estava de volta. Comer aquela empada, que ele tanto adorava, era uma espécie de libertação. Sabia que ainda ia enfrentar muita coisa. Uma cirurgia, por exemplo. Mas comer aquela empadinha era uma questão de honra. Em contraposição à maciez do recheio, a massa de uma empada é sempre esfarelada e seca, difícil de engolir para alguém em sua situação. As papilas gustativas, destruídas pela radiação, se recuperam, mas as glândulas salivares, não. O que é queimado está perdido. De forma definitiva. Por isso ele parecia tão satisfeito. Vitorioso. As dele não estavam mortas.

Olhou em torno, como a pedir aprovação e aplauso do restaurante inteiro. A mulher olhou também. E foi quando eles viram, em uma das mesas, lá no fundo, uma senhora sentada ao lado de uma amiga, parecendo também muito feliz. Eles a reconheceram de imediato: tinham cruzado com ela muitas vezes na antessala da radioterapia. Os dois se entreolharam, admirados.

— Ela também veio fazer o teste da empadinha — disse ele, rindo.

E nesse instante o homem se deu conta de que o restaurante onde estavam, com sua empada deliciosa, chamava-se Caranguejo.

O símbolo do câncer.

HELOISA — No dia em que se internou, 31 de maio de 2005, para fazer a cirurgia de esvaziamento cervical, depois de quase três meses de quimioterapia e radioterapia, Ruy levou, para reler, todos os capítulos de *Carmen* escritos até então. Eram dezoito. E não parou de trabalhar um segundo enquanto esteve internado. O esvaziamento cervical é um procedimento cirúrgico violento, quase como arrancar um pedaço do pescoço, para que não reste nenhum gânglio infectado. Durante os dez dias em que ficou internado, Ruy tinha um dreno no pescoço para evitar acúmulo de líquido e sangue provocado pela cirurgia. Tinha de passar as páginas impressas — centenas delas — com cuidado. Ao fazer as correções à mão, debruçado, o tubo do dreno se movia, ondulava como os quadris de Carmen Miranda.

Montgomery Clift amarrou a balsa na margem com uma corda e pulou, saltando sobre o chão arenoso da ilha. Depois tomou o caminho em direção à casa, uma espécie de picada ladeada por capim alto, ressecado. A paisagem era inóspita. O lugar — a terra, a vegetação, a casa de madeira que avistou de longe, tudo conspirava contra ele, como se o ambiente estivesse determinado a expulsá-lo dali.

Recostado na cama, o homem tentava erguer o rosto para se concentrar nas imagens do filme. Passando pelos canais, dera com uma cena de Montgomery Clift tomando a balsa e reconhecera de imediato: era *Rio violento*, filme de Elia Kazan, de 1960. Com Lee Remick, fabulosa atriz. Era a história de uma família que se recusava a deixar sua casa em uma ilha fluvial, que seria inundada por uma barragem. O homem apertou os olhos. O aparelho de televisão, preso à parede por um suporte de metal preto, fora colocado muito alto, a posição era incômoda, ainda mais pela atadura que dava várias voltas em torno de seu pescoço. Sentia-se costurado, preso, oprimido. Montgomery Clift seguiu em frente, aproximou-se da casa. As paredes de madeira da varanda eram escuras, como se a casa emergisse intacta de um incêndio que a tivesse crestado sem destruir. As roupas da velha, sentada em uma cadeira de balanço, também eram escuras, e seu semblante uma conjugação de desprezo e raiva. O homem se mexeu na cama. Começava a sentir a respiração difícil, como se o ar não lhe preenchesse os pulmões por inteiro ou como se, ao expirar, restasse sempre nos cantos escuros um pouco de ar viciado, carbônico. Envenenado.

Inspirou com mais força. A parte superior do tórax e o pescoço tentaram em vão se expandir, como Montgomery Clift tentava, também em vão, convencer a velha a abandonar a casa, fadada a ser coberta pelas águas do rio. Água. Água subindo lentamente, ocupando tudo, encharcando o solo, dobrando o capim, subindo pelos caminhos e beijando o madeirame do alpendre, degrau a degrau, galgando, empapando as tábuas corridas, penetrando debaixo da porta, molhando os pés da bruxa envolta em seu xale escuro, e ela imóvel, esperando, decidida a morrer na casa onde vivera a vida toda, pronta para receber o líquido frio que a envolveria, corpo acima, pescoço acima, até alcançar o queixo, a boca, o nariz. Até sufocar.

Era isso: sufocar. O homem já mal conseguia respirar. Quis erguer-se, esquecendo que estava conectado a vários dutos, soro e dreno, líquidos que entravam e saíam, amarrando-o à cama. A mulher acorreu, perguntou o que estava acontecendo, ele balbuciou alguma coisa sobre o filme e estendeu o braço para pegar o controle remoto, que ficara sobre o anteparo lateral da cama. Era como se a água de um rio selvagem o cercasse, fosse tomando tudo, encharcando os pulmões, a água que o dreno fincado no pescoço tentava em vão escoar. Sufocava.

A mulher notou que a respiração dele estava entrecortada, difícil.

— Você quer que eu chame a enfermeira?

— Não. Já vou melhorar — disse o homem.

E desligou a televisão.

HELOISA — **Depois que saiu do hospital, Ruy teve de voltar diariamente ao consultório do médico para fazer punções, porque, com o sistema linfático comprometido, o líquido tornava a se acumular em torno da cicatriz, inchando o pescoço e o rosto, que ficava deformado. Houve** dia em que ele teve de ir duas vezes ao consultório, porque, poucas horas depois da punção, o inchaço já tinha voltado. E, enquanto tudo isso acontecia, ele continuava escrevendo. Foi assim que escreveu os doze capítulos de *Carmen* que ainda faltavam.

A mulher estava trabalhando quando o telefone tocou. Era ele.
— Acabei.
Por um segundo, ela não entendeu.
— Acabei de botar o ponto-final no livro. Queria ler para você o último capítulo.
A mulher aquiesceu. E ele começou a ler.

O caixão foi levado para um carro do Corpo de Bombeiros, que tinha as partes metálicas cobertas de preto. Passara-se uma semana desde a morte de Carmen em Beverly Hills na madrugada de 5 de agosto, e ela estava de volta para que se cumprisse outro desejo seu: o de ser enterrada no Brasil.

A voz do homem descrevendo o fim de Carmen Miranda estava firme a princípio. O trabalho excessivo, massacrante, os comprimidos para dormir, o álcool, a loucura, os choques elétricos. A mulher que sorrira até o último instante, cujo coração chegara a falhar no programa de televisão com Jimmy Durante, mas que se erguera, *fiquei sem fôlego!*, porque o show precisava continuar. A mulher que fora morrer sozinha em seu quarto, para não estragar a festa, não importunar seus convidados. A mulher por quem o homem se apaixonara, que tinha alguma coisa dele próprio, sua obsessão pelo trabalho, sua loucura, sua capacidade de mergulhar cada vez mais fundo, mesmo que fosse para, um dia, não mais voltar. Naqueles meses terríveis, fora ela, Carmen, quem lhe dera força, quem lhe salvara a vida. E era dela que precisava separar-se agora.

Como afluentes humanos que desaguavam pelas transversais

de Botafogo, gente de todas as idades, cores e categorias sociais continuava engrossando o cortejo — ao todo, seriam centenas de milhares —, cantando os sambas e marchinhas. Nos braços do povo, Carmen Miranda vivia o seu maior Carnaval.

No segundo entre a última sílaba e o clique do telefone, ela ouviu os soluços. Ele tinha desligado sem se despedir. A mulher entendeu. Eles dois sabiam o quanto tinha custado escrever aquele livro.

E ela se lembrou da história de Oscar Wilde, que seu pai lhe contava quando era criança: do rouxinol que cravava o peito no espinho da roseira para fazer nascer uma flor em pleno inverno, uma flor que o estudante apaixonado daria de presente à sua amada. A história acabava mal. O estudante acordava, colhia a rosa — espantado com aquele milagre de uma flor nascida da noite para o dia de um arbusto seco — e ia correndo dar à namorada. Mas a moça, cheia de soberba, desprezava o gesto. O estudante, desesperado, atirava então a rosa no meio da rua e a flor era esmagada pela roda de uma carruagem. Tudo acabado. A morte do rouxinol tinha sido em vão. Ela, menina, chorava quando seu pai lhe contava essa história. Mas agora era diferente. Agora a rosa não era uma rosa — era um livro. Um livro nascido da expiação, feito em condições impensáveis, mas que ajudara a salvar aquele homem da morte. Logo ele que, por ironia, quase fora morto um dia por uma máquina de escrever jogada de um prédio.

Era outra vez a salvação pela palavra, como acontecera na época da bebida — a mulher não tinha dúvida. E, se tivesse, esta se desfaria no dia em que o próprio homem admitiu:

— Meu medo não era morrer. Era não terminar de escrever o livro.

QUINTO SELO

Coração

Seus olhos agora voltavam à tela negra, onde a serpente esverdeada subia e descia, soltando pequenos gritos. A serpente corria, vencia as areias cada vez com mais rapidez, voltando ao começo e tornando a subir e a descer, sempre, sempre, em ondulações mais e mais altas, desafiando o perigo, as primeiras vinte e quatro horas são vitais, pedindo que ela não parasse, enfrentasse o terror com seus movimentos ritmados, loucos, que eram como as batidas do coração.

O elevador, grande e comprido como costumam ser os elevadores de hospitais, estava cheio de gente. A mulher, lá no fundo, encostada ao aço frio, viu quando a porta se abriu e a médica da equipe de oncologia entrou. A doutora também a viu e deu um sorriso. Remou entre as pessoas e foi até o fundo do elevador. Segurou as mãos da mulher.

— O exame dos tecidos deu tudo bem — disse, abrindo ainda mais o sorriso. — Nem sinal de lesão nos gânglios linfáticos.

As duas se abraçaram, emocionadas, indiferentes aos olhares. Era uma indiscrição. Não se deve fazer isso em público, menos ainda no elevador de um hospital, onde outras pessoas continuam ansiosas por resultados que ainda não vieram e outras, ainda, já receberam notícias que não queriam receber. Mas fora um impulso. Elas não eram, naquele instante, a médica e alguém da família de um paciente — eram duas mulheres apenas. Duas mulheres aliviadas, duas mulheres que conheciam a luta contra a morte.

Elas sabiam muitas coisas, ambas conheciam o medo, sua estrutura, por dentro e por fora: como ele nos olha nos olhos, nos arrepia a pele, sobe em sopros gelados pelas costas, retorce o estômago, tira o ar. Sabiam muito, mais até do que gostariam de saber. Sabiam das armadilhas, dos desvios — de quando abraços emocionados como aquele tinham se provado prematuros. Vãos.

O câncer é um monstro de várias mãos, que gosta de preparar surpresas, de atacar — ou reatacar — quando e onde menos se espera. Ele nos faz confrontar a morte de diversas maneiras. Uma delas é quando se recebe a primeira notícia, o choque — o olhar pregado naquele rosto que é a representação de nossa própria imortalidade. Aí vem o turbilhão, toda a luta visando um só objetivo, a cura. Mas, quando isso acontece, quando vencemos em um primeiro momento, aí, sim, vem outra confrontação, talvez a mais difícil: a hora da espera. Semanas, meses, anos em que temos de aprender a conviver com a sensação de incerteza, vidas pautadas por uma pergunta simples, composta de apenas quatro palavras, que cintilam acima de nossa cabeça, dia e noite, como a espada de Dâmocles:

Será que vai voltar?

— Nesse tipo de tumor, quando o problema tem de voltar, volta logo — disse o cirurgião. — Em oitenta por cento dos casos, volta em no máximo seis meses.

Seis meses.

Não era uma abstração, era um número exato. Seis meses.

A mulher se mexeu na cadeira. Olhou para o homem. Ele parecia distraído, como se pensasse em outra coisa, talvez estivesse longe dali. Será que tinha prestado atenção nas palavras do médico?

Seis meses. Era um deserto, uma cordilheira, mil anos-luz, uma galáxia inteira. Tempo, tempo, a relatividade do tempo. Seis meses em Paris, seis semanas de férias em uma praia de Trancoso. Seis minutos presa em um elevador, no escuro, seis segundos sob o jugo de um louco, com uma faca encostada na garganta. De onde ela tiraria forças para sobreviver? Como ela, a mulher que *pensava* demais, ia atravessar aqueles seis meses?

RUY — Eu não pensava. Tinha muitas coisas para fazer. Aconteceu quase sem que eu percebesse. Depois do câncer, fui me envolvendo em mais e mais projetos, fazendo cada vez mais coisas, tudo ao mesmo tempo. Talvez estivesse tentando compensar o tempo perdido, ou com medo de não conseguir fazer tudo, mas isso não era uma coisa consciente. Só sei que, terminado o tratamento, comecei a trabalhar feito um maluco.

HELOISA — Eu precisava inventar alguma coisa, qualquer coisa, criar um ponto focal onde concentrar todas as forças. Precisava disso para não enlouquecer.

Trancada no quarto, com o ar-refrigerado ligado, a mulher esperava. Estava vestida com seu roupão de seda, sem nada por baixo. Olhou o próprio rosto no espelho do armário. A maquiagem continuava perfeita. Aquele maquiador era mesmo muito bom. Reconhecia o próprio rosto, não havia nenhum toque artificial, nem mesmo a cor dos lábios. O batom era quase da cor da pele. Apenas os olhos pareciam maiores. O cabelo, curtíssimo, recebera uma mousse que o encorpara, mas tudo muito sutil, delicado.

Enquanto esperava o vestido, que não chegava, a mulher brincou de reconstituir mentalmente a casa inteira. No andar de baixo, a mesa retangular com a toalha rendada, que fora do enxoval de sua avó. Estranho pensar que o desenho no centro da toalha, bordado em filé, tinha sido feito pela irmã da noiva mais de oitenta anos antes. *Tempo*. Sobre essa toalha, tinham sido arrumados os doces, em diferentes pratos de cristal, de tamanho e altura diversos. E, bem no centro, estava o bolo de três andares, com os dois noivinhos com cara de pato, exatamente como na capa de um livro de frases sobre o amor e o mau humor.

Em todas as mesas da casa, inclusive no terraço, havia grandes arranjos de rosas vermelhas, com velas no centro, acesas. Também as mesas do andar de cima estavam forradas com as toalhas de renda da avó. A juíza já tinha chegado. Os convidados também. Só o vestido é que não chegava. Era um vestido simples, curto, de xantungue de seda, cor de prata, mas que ia dar muito trabalho para vestir: tinha botõezinhos de alto a baixo, nas costas. Mas a mulher não estava nervosa, nem um pouco. Sentia-se leve — e imensamente feliz. Para ela, tudo aquilo era uma grande celebração, um brinde à sobrevivência, uma forma de terminar com alegria um ano tão difícil. Seis meses. *Precisava disso para não enlouquecer.* 27 de dezembro de 2005. Agora faltavam só quatro dias para o ano terminar.

* * *

2005. Não sei se terá sido um ano cabalístico, que lá disso não entendo bem, mas foi sem dúvida cabal. Grande foi seu impacto, capaz de o tornar marcante, inesquecível. Cá comigo isso acontece, creio, de dez em dez anos — e quase sempre nos anos terminados em cinco.

Com 2005 foi assim. Foi o ano de Carmen, que começou sob o signo de Câncer, mais cabeça do que corpo, mais carinho que carícia, mais coração do que tudo. Calados, quietos, contemplativos, fechados a cadeado em nossa própria casa, enfrentamos o que parecia ser um cadafalso — e vencemos. Não foi fácil.

Às vezes é preciso mesmo calar, evitar a cacofonia que nos cerca, esperar a hora certa, talvez trazida pelo acaso, não importa, e só então agir, sem medo do caos, do ocaso. Foi como aconteceu. E dos cactos brotaram flores claras, festas. No horizonte, anjos cantaram glórias, cantigas, canções.

Foi um ano casto, sem dúvida. Um ano cansado, de cais distante — afinal alcançado. Um ano carente, acachapante, capcioso, cortante, mordaz. Mas coerente, também, na medida em que trançou amor e dor, essa rima tão antiga — porém inacabável.

E, se foi um ano de contrastes, 2005 foi um ano brasileiro, um ano carioca. Um ano cujo calendário, marcado, guardarei, com cada mês, cada semana e cada dia envoltos em pequenos círculos cor de carmim, com anotações de incerta caligrafia — a letra do medo, secreto e acossado.

Ano de calvário e entrega, de coroação. De lágrima e suor, de muito trabalho. De viagens imaginárias por países de doçura, com lençóis de cambraia, gosto de carambola e cambucá. Ano em que fomos acalentados pela corrente dos amigos, que nos cumularam de amor. Ano para ser em cálice brindado.

Carmen, câncer, coração, carícia, calor.

Um ano estranho, esse de 2005.

Que doeu e mordeu, assoprou, beijando, num flerte secreto entre comédia e drama, mas que acabou lânguido, acabou na cama.

Ano incomum, que desfilou por nós como colagem, caleidoscópio, cinema. Mas que só trouxe mais paixão, encontro de razão e sentimento.

E que, cá entre nós, acabou em casamento.

Quando a mulher terminou de ler o texto em voz alta, escrito por ela para a cerimônia, olhou em volta. Viu lágrimas nos olhos de muitos amigos. Mas ela própria não estava chorando. Nem ele. Os dois apenas se olharam — e sorriram. Eles sabiam. A salvação estava no sorriso. E em não ficar remoendo sofrimentos. Era hora de pensar no novo ano que ia começar.

HELOISA — **Depois da loucura que foi 2005, o novo ano começou com muito trabalho. Logo no primeiro semestre, fizemos uma viagem — Paris, Londres, Berlim —, mas, mesmo no exterior, Ruy tinha compromissos profissionais. Era assim o tempo todo. Ele não parava um segundo. Parecia apostar uma corrida contra o tempo.**

RUY — **Já estava tudo pronto para o lançamento do meu livro com textos sobre cinema,** *Um filme é para sempre*, **a festa agendada, os convites distribuídos. E eu à toda, viajando, dando entrevistas, escrevendo os artigos de jornal, fazendo muitas coisas ao mesmo tempo. Outra viagem para fora do Brasil estava marcada para dali a poucas semanas, para uma palestra na Universidade de Salamanca, e eu precisava terminar vários trabalhos antes de embarcar. Eu sentia aquela pressão sobre mim, era uma coisa quase física. E aí aconteceu.**

* * *

Eram cinco da manhã de uma segunda-feira quando ele abriu os olhos. Mais uma semana começava, semana que traria muitos compromissos, incluindo as entrevistas sobre o livro novo. Mas ele não estava se sentindo bem. Não era uma boa ideia ficar doente em véspera de lançamento, por isso respirou fundo e se sentou na cama. Bebeu um copo d'água. Sentia uma fraqueza, um adormecimento pelo corpo, mais concentrado no braço esquerdo. Era como se sua carne se rebelasse e desejasse continuar dormindo.

Mas, como costumava fazer ao sentir qualquer sintoma de qualquer coisa, levantou-se e tentou não pensar no assunto. Tomou café, leu os jornais. O mal-estar continuou. Achou melhor chamar a mulher.

Ela ligou para o clínico geral, que era também cardiologista, e passou o telefone para ele. Conversaram. O médico não pareceu alarmado, apenas disse que ele fosse ao consultório no final da manhã. O homem relaxou um pouco na poltrona, observando o mar lá fora, por cima da copa das amendoeiras. A mulher ficou olhando para ele. *Talvez seja estresse*, pensou. Depois de um ano tão difícil, da luta contra um câncer tão ameaçador, não podiam ter medo, nada mais ia acontecer. Um raio não cai duas vezes...

Mas ele estava diferente. Ela continuou observando, enquanto o homem olhava o mar. Era raro ele ficar parado assim, contemplativo. Morava à beira da praia e raramente ia ao terraço, a não ser nos fins de semana. Só pensava no trabalho. Por que estaria tão quieto? E, de repente, a mulher percebeu que faltava alguma coisa nele, um elemento fundamental de sua personalidade, que estava desaparecido: o humor.

RUY — Na véspera, um domingo, eu já tinha sentido uma coisa estranha, uma fraqueza, tontura, sei lá. Estávamos no carro, a caminho de um almoço em que o prato principal seria feijão-tropeiro. Senti tudo aquilo e não falei nada. Na hora do almoço, o feijão-tropeiro estava uma maravilha, cheio de pedaços enormes de torresmo. Eu comi com o maior prazer. E parei de me sentir mal. Devo ser a única pessoa no mundo que evitou um enfarte com um feijão-tropeiro. Ou, pelo menos, adiou-o por vinte e quatro horas (*risos*).

No eletrocardiograma não deu nada. Estresse, sem dúvida, concluiu a mulher. Mas o médico achou que não custava ele ir a uma clínica, a uma emergência qualquer, para fazer exames mais completos.

— As enzimas — disse. — Você tem de verificar as enzimas cardíacas.

Foram.

Quando chegaram à clínica, ele já estava se sentindo melhor. E, enquanto esperavam pelo resultado do exame, riram tanto de alguma asneira, que tiveram de se conter para não perturbar os outros pacientes, separados apenas por cortinas brancas, de plástico. Além de tirar sangue para examinar as tais enzimas cardíacas, ele recebeu uma pílula sublingual que o deixou eufórico. Tanto que falou em se levantar e fugir. Mais uma vez, riram.

O resultado do exame estava demorando muito. Finalmente, o enfermeiro voltou, mas para colher nova amostra de sangue.

— De novo?

O enfermeiro não disse nada.

Mais tempo de espera. Ele estava cada vez melhor, cada vez mais ele mesmo, uma palavra aqui, um olhar ali, sempre uma observação engraçada e exata. Não havia nenhuma ansiedade, nenhuma expectativa de algo ruim. Um raio não cai...

Estavam no boxe da emergência havia quase duas horas, quando o médico entrou, muito sério. Era bem jovem. Parecia sem graça, a ponto de pedir desculpas. Os dois se viraram e olharam para ele, rindo. Leves, descontraídos. E ouviram, num silêncio incrédulo, o médico proferir uma frase que não se encaixava no real, uma frase alienígena, expelida de um planeta distante, cinzento, varrido por ventos intergalácticos, por explosões solares, não do nosso Sol, quente e acolhedor, mas de uma estrela muito maior, desconhecida e voraz.

— Não há dúvida. O quadro é de enfarte.

O raio.

HELOISA — Ele vinha trabalhando demais, é verdade, mas dava a impressão de que tudo o que fazia, os livros que planejava ou começava, eram artifícios, uma forma de driblar a morte. Parecia acreditar que, enquanto tivesse um livro por terminar, não poderia, de forma alguma, morrer. Então, a notícia daquele enfarte me soou como uma traição. Foi como se Sherazade fosse vítima de sua própria história.

Era um quarto escuro. Pequeno, escuro, frio — mas um quarto. Não era desses boxes separados por cortinas de náilon, como costumam ser os cubículos de uma UTI. Era um quarto de verdade. Além de chão e teto, tinha quatro paredes de alvenaria, uma porta e uma janela, esta última vedada, com vidros pintados.

Fazia dois dias que estavam encerrados ali, vivendo na penumbra, como dois seres abissais. A angioplastia fora feita sem maiores complicações. Os médicos tinham dito que o enfarte atingira uma área pequena, a artéria obstruída era na parte de trás do coração, por isso nada fora detectado no eletrocardiograma. Ele estava se recuperando bem, tinha recebido apenas um stent.

— Um amigo meu falou que esse negócio de stent é fichinha — disse o homem. — Como botar um dente de ouro.

Ela riu.

Ficou feliz em ver que o homem era ele mesmo outra vez. Ela não. Tinha o coração opresso, sentira-se invadida, esbofeteada por aquela frase do médico, *O quadro é de enfarte*, não estava preparada para um novo susto.

Ainda sentia correr sob a pele, com demasiada força, o pavor que se seguira ao diagnóstico do câncer, os meses em que sofrera calada, sem coragem de procurar saber mais, sem coragem de *perguntar*. As feridas ainda estavam todas muito vivas. Talvez não para ele, mas para ela, sim.

Lembrava-se de vários fragmentos, migalhas de pânico, o aperto na garganta. *Isso já está aqui há algum tempo*. A certeza, que a assaltava a todo instante, de que ele ia morrer, de que não tinha como ser diferente. Os exames traziam códigos que ela aos poucos aprendera a desvendar, *T-3/4*, o que era aquilo? Ela entendera: um tumor entre três e quatro centímetros. *Metástase. Morte.*

Lembrava-se dos pensamentos mórbidos, quase doces, que a envolviam como um casulo escuro, que a levavam a de repente soltar gemidos nos lugares mais impróprios, como se tivesse acabado de receber uma notícia ruim. Nesses momentos, chegava a imaginar o luto, o velório, o olhar vago, o abraço dos amigos, o corpo inerte no caixão, a sala cheia — e a música. Sempre havia música. Ela ainda não conseguira decidir qual canção seria, várias desfilavam por seus ouvidos internos, mas uma era a mais insistente. A música cantada por Vera Lynn no final do filme de Kubrick *Dr. Fantástico*, quando a bomba explodia, acabando com o mundo. *We'll meet again, don't know where, don't know when, but I know we'll meet again some sunny day.* E as lágrimas corriam. Já não era medo, era dor, e havia nisso, nesse encontro com o luto fantasioso, um bálsamo. Porque o luto é uma dor acabada, calma. O medo, não. O medo escraviza, retorce, dilacera.

Lembrava-se da conversa com um dos assistentes do oncologista, um rapaz brilhante, que podia ser um grande cientista, mas que, talvez pela idade, não sabia lidar com o lado humano da questão. Lembrava-se do dia em que ele, muito casualmente, ao explicar a extensão do tumor na base da língua, dissera por que não fora possível operar:

— Pensem numa árvore. Se nós cortarmos o tronco, na base da árvore até um pouco mais da metade, o que acontece? A árvore cai.

A boca da mulher ficara instantaneamente seca. Pensara no que seria uma vida sem língua e em como tinham estado tão próximos disso. Como alguém que vivia pela palavra podia não ter mais língua? *O horror, o horror.*

Lembrava-se dos momentos de pânico, de fragilidade dele no chuveiro. De como isso acontecia às vezes na rua. O homem ia andando e de repente parava, tomado pela sensação. É a faca, dizia. O cerne da angústia, o coração do negro — sentimentos com os quais ele tinha pouca intimidade.

A mulher lembrava-se também daquela tarde chuvosa em que saíam do centro de quimioterapia, no Catete, e não havia táxi. Conseguiram um, a muito custo, o homem estava fraco, sentia frio. Quando entraram no carro, o motorista não quis desligar o ar-condicionado, para não embaçar o vidro. Ela explodiu:

— O senhor vai desligar, sim! Ele acabou de sair de uma quimioterapia!

O motorista obedeceu sem retrucar. E a mulher se arrependeu de imediato, sentiu como se tivesse fraquejado, como se aquele grito fosse a evidência de seu cansaço — e de seu terror. Estava perdendo o controle, e não tinha o direito, não tinha o direito.

Lembrava-se do frio na espinha a cada novo exame, a cada ida ao médico, primeiro todos os meses, depois de três em três meses. As agonias nas salas de espera. E lembrava-se quando, afinal, tomara coragem para fazer ao clínico a pergunta que guardava na garganta havia meses, as palavras que destilavam veneno e que ela não podia reter mais:

— Ele vai morrer?

O médico parecera quase espantado ao ver que isso tinha passado pela cabeça dela:

— Claro que não! Ele vai ficar bom.

Medo.

Com os olhos ainda fechados, ela esperou. Podia sentir a presença, mas ainda não o via, apenas intuía que ele estava ali. Abriu os olhos devagar, no escuro. Tornou a fechar. Sabia que forma ele tomava, assim, no meio da noite. Era um lobo de gengivas negras e dentes afiados. Olhos estriados de vermelho, arregalados de fúria. Olhos famintos. Era um lobo assassino. Trancou ainda mais os olhos, mas não adiantava, ele tomava corpo, já não era só uma sombra, era matéria, a qualquer momento ia saltar sobre ela. Seu estômago se contraía no pavor da espera. A boca seca, o coração descontrolado, a sensação de estar caindo para trás em um poço escuro. Medo.

O que fazer para segurar a fera, lutar com ela, sentir de perto seu hálito monstruoso, sem se deixar devorar? Só conhecia uma força que se equiparasse ao terror, e foi assim que seu braço caminhou no escuro, sentiu a carne, encontrou a fonte, mergulhou. A mão tocou o ponto que apaga o mundo e, em seus movimentos ritmados, criou vaga-lumes e estrelas. A mulher ainda ouviu quando o lobo se afastou no escuro, as patas pisando o chão do quarto com mansidão, como se feitas de veludo.

* * *

Era impressionante a força. A sensação, fosse o que fosse, a transformava. Em poucos segundos, o coração se acelerou e a fronte, febril, expulsou através dos poros gotas mínimas de suor — mas como, se aqui dentro está tão frio? A garganta se fechava, a respiração ia acelerando mais e mais. Força, poder, explosão, calor. Umidade. Soltou um gemido sem querer.

— Sabe o que a gente devia fazer depois de sair daqui?
— O quê? — o homem quis saber.
— Viajar. Ir para um lugar qualquer, mas não longe, aqui perto.
— Búzios?
— Talvez. Desde que seja um lugar calmo, claro, com muito sol e muito mar. Um lugar para recuperar as forças.

Antes que venha um novo golpe.

Foi a primeira vez que a frase brotou no cérebro da mulher, impertinente. Intrusa. Não queria pensar aquilo, não podia nem imaginar outro golpe.

Bobagem. Frase idiota. Paranoia.

Era um lugar lindo e deserto, como a Ponta da Lagoinha, apenas com o mar mais sereno, um oceano imenso. Não fosse por aquela massa líquida, de um verde profundo, que junto aos rochedos explodia em manchas esbranquiçadas de espuma, não fosse por isso, poderiam pensar que estavam na Lua, tal a vastidão de pedra que os cercava. Rochas de todas as cores e formatos, acinzentadas, escuras, ásperas, lisas, sobrepostas como lascas coladas, lapidadas como gemas de um país de gigantes.

Subiram por um dos paredões de pedras lascadas, agarrando-se com as mãos para não cair. Mas tanto mãos como pés trilhavam aquele chão com grande intimidade, sem medo. A mulher sentia nas palmas o calor da pedra, e era um calor familiar, acolhedor, a tepidez guardada pela rocha depois de um dia inteiro de sol. A cada passo, a cada pedra, os dois, homem e mulher, eram invadidos por uma sensação de euforia, antecipando a paisagem que, sabiam, os aguardava do outro lado do paredão.

Não se enganaram. Quando chegaram ao topo, viram a beleza que se estendia à frente deles lá embaixo: uma única massa de pedra, muito lisa, tendo ao centro uma depressão, escavada pelas ondas, onde se formara uma perfeita piscina de águas verde--azuladas, cheia de algas nas margens. Como havia, na pedra, um veio por onde o mar penetrava, a piscina tinha a água renovada o tempo todo e, quando isso acontecia, as algas se revolviam como se fossem cabeleiras de iaras submersas. O homem e a mulher se entreolharam e sorriram. Era o lugar que procuravam fazia anos, em sonho. Começaram a descer.

Ao chegar à beira do lago salgado, nascido no bojo da pedra, a mulher experimentou a água com a ponta dos pés. Estava morna, quase quente. O poço era raso, de águas transparentes que deixavam entrever o fundo, coberto por uma areia muito branca. A mulher entrou na água. O homem se sentou na margem, com as pernas pendendo da beirada, as coxas musculosas esmagando as plantas-cabelos. Ela tentou puxá-lo, mas ele resistiu. A mulher então se deixou boiar, flutuando à flor da água, sentindo nas costas a carícia do líquido morno e, nos seios e no ventre, o contato do sol.

Quando depois, muito depois, ela saiu da água e se deitou nas pedras que ali, junto à margem, estavam cobertas de um musgo macio, ele se estendeu ao lado dela. Olhou-a nos olhos, sorriu. E se beijaram. Um beijo longo, molhado, de carnes que se fundiram, como se as línguas fossem um prenúncio da posse, do ato de amor. Nesse beijo viajaram, sem pressa, sem pudor algum, duas crianças perdidas no paraíso.

E nesse instante a mulher entendeu que estavam dentro de um sonho. Um sonho apaixonado, cuja beleza e perfeição eram talvez um augúrio. Tão bom e tão lindo — que era como se fizessem amor pela última vez.

SEXTO SELO

Sexo

Entardecia. Estava escuro. Era estranho, porque o verão mal acabara, devia demorar a anoitecer, mas o dia se esvaía antes do tempo. Havia muitas árvores no alto daquela colina, o que podia explicar um lugar tão sombrio. *Ou talvez fosse o medo,* pensou a mulher — mais uma vez, o medo.

Olhou em torno. Havia beleza na quase escuridão. O pátio de pedra formando um retângulo, no centro do qual a mancha ainda mais escura denunciava o amontoado de galhos, à espera do fogo. A mulher aproximou o pulso dos olhos e tentou enxergar os ponteiros do relógio. Faltava pouco para as seis horas. Para começar o ritual.

Tornou a observar o pátio. Muitas pessoas esperavam, sentadas ou de pé, nas laterais do retângulo, mas ninguém pisava o centro, como se fosse território sagrado. A igreja, em uma das extremidades, era um paredão silencioso que mal se divisava, opressivo em sua simetria — três arcos centrais, uma torre de cada lado. Todas as portas estavam fechadas, as luzes apagadas. Naquele instante, os fiéis não eram bem-vindos lá dentro. Por trás dos portões em arco, alguma coisa acontecia, uma cerimônia secreta, só para iniciados.

A mulher olhou para o homem a seu lado, apertou sua mão. Ele se virou, sorriu. Dentes brancos na penumbra. Uma sensação breve de segurança. Estavam juntos, como sempre, juntos naquele lugar improvável, ao menos para ele — uma igreja. O homem concordara em vir, talvez apenas por curiosidade, mas para ela havia um sentido no ritual a que assistiriam. Precisava cercar-se de redes, ferrolhos, muros, qualquer coisa que a contivesse e sustentasse, que exigisse concentração e cuidado e pudesse desviar o foco dos olhos vermelhos, dos dentes afiados, do monstro inteligente que parecia determinado a persegui-la por onde andasse. Rezar não conseguia, mas talvez no mecanismo da promessa encontrasse um atalho, a clareira do bosque assombrado, *enquanto Seu Lobo não vem.*

Apertou com força o papel que trazia no dorso da mão esquerda, dobrado em quatro. Sentiu a aspereza das bordas. Era um papel grosso, cor de mostarda escura, um quadrado de talvez oito centímetros. Esses números a reconfortavam, a atenção aos detalhes, sempre os detalhes. Escrevera com caneta esferográfica preta, bem no centro do papel, o nome dele. Mais nada. O resto estava com ela, martelando ali dentro, na cabeça, no coração.

O som dos ferrolhos a fez despertar. Ergueu o rosto. A escuridão se fechara, mas percebeu que uma das portas, a da lateral direita, se abria. Em torno do pátio retangular, as pessoas se agitaram. Houve um murmúrio, depois novamente o silêncio, ainda maior do que antes.

Por trás da porta em arco que fora aberta, a mulher vislumbrou umas sombras alaranjadas, incertas, e no momento seguinte surgiu no portal um vulto. Era um monge. Todo envolto em vestes escuras, o rosto encoberto por um capuz, levava na mão direita uma tocha acesa. Caminhou em silêncio até o centro do retângulo de pedra e, diante dos galhos amontoados, se curvou. Estendeu a mão e deixou que a chama tocasse o monturo de madeira. Esperou até que se alastrasse. Houve um crepitar, as línguas de fogo se espicharam sobre os galhos, em laranjas e azuis, e o monge soltou a tocha. Chispas subiram, dançaram, fogo e fogo se fundindo e se realimentando, até que as labaredas, crescidas, iluminaram tudo em volta. Nas bordas do retângulo de pedra, dezenas de rostos avermelhados, de olhos brilhantes, observavam calados.

Quando o monge se retirou, as pessoas em torno começaram a se aproximar da fogueira. A mulher apertou o papel preso na mão esquerda. Olhou para o homem, que assentiu. Ela se desprendeu dele e foi compor o círculo, aproximando-se também do fogo, o papel esmagado na mão.

Fez como todos faziam. Chegou bem perto e, com o calor no rosto, atirou o pedaço de papel na fogueira. Depois voltou. O homem sorriu, aprovando.

Depois que atiravam seus papéis na fogueira, as pessoas recuavam, retomando seu lugar no entorno do retângulo de pedra. Em pouco tempo, eram outra vez aqueles mesmos rostos vermelhos, mudos, de olhos vítreos.

Não demorou muito para que se ouvissem os cânticos. Quando duas das três portas frontais se abriram — apenas a do meio, maior, continuou fechada —, os monges começaram a surgir, um atrás do outro. De cada uma das portas saiu uma fileira deles, doze ou quinze, talvez mais.

Era uma cena medieval. Monges envoltos em mantos escuros, com capuzes, levando na mão erguida uma espécie de cajado. Eram homens sem rosto, mas cantavam. Suas vozes, uníssonas, encheram o ar em segundos, um canto ancestral que fez adensar o silêncio reverente dos fiéis.

Cantando, os monges caminharam, em fila, em direção à

fogueira no pátio, que agora ardia com mais força. Cada um que chegava se curvava e estendia o bastão — era um tocheiro — em direção às chamas. Em pouco tempo, todas as tochas estavam acesas. Então, sempre cantando, eles se encaminharam de volta à igreja.

Quando a porta central se abriu, os fiéis que assistiam a tudo em silêncio se aproximaram, para entrar atrás dos monges. A mulher tomou o homem pela mão. Foram também.

O templo estava completamente às escuras, mas, à medida que os monges entravam, a luz das tochas ia iluminando as paredes trabalhadas, madeiras como um brocado, vermelhos e ouros por toda parte, tocheiras, cornucópias, cruzes suspensas, olhares súplices em rostos petrificados. Dor, martírio. Transcendência. Ali dentro, o canto gregoriano tomava mais força, reverberava pelas paredes seculares, e todos, monges e fiéis, pareciam envoltos em um transe hipnótico, em um encantamento.

A mulher fechou os olhos. E pediu, pediu com toda força, que aquele pedaço de papel transformado em cinzas, consumido pelas labaredas do fogo sagrado, fosse o segredo para matar o lobo de olhos estriados.

— Eu vou viver os próximos seis meses como se fossem os últimos da minha vida — disse a mulher.

A amiga se inclinou sobre a mesa do restaurante e olhou bem nos olhos dela:

— Pois eu vou viver os próximos *vinte anos* como se fossem os últimos da minha vida.

As duas riram. Sempre havia isso, essa capacidade de rir, como forma de enganar o medo. Mas, no fundo, a mulher sentia como se tivesse um anel de ferro em torno da garganta. Não conseguia absorver a notícia que recebera na véspera. Não dessa vez. Não de novo. *Seis meses.*

Tornou a ficar séria:
— Eu rezei, mas não adiantou.

Era para ser uma biópsia de rotina, embora os índices que apareciam nos exames de sangue estivessem fora de lugar. Depois que o tecido foi colhido — um procedimento rápido, mas que exigiu anestesia —, eles esperaram o dia da consulta para ouvir o resultado.

Estacionaram o carro, homem e mulher, como sempre faziam, em um grande mercado que havia em frente ao centro médico. Do estacionamento, dava para ver as lojas de plantas e flores, as bancas de verduras, o colorido escandaloso das frutas. E havia bares no pátio, as mesas repletas. Copos de chope, pessoas falando alto, rindo. Um mundo inteiro de alegria e despreocupação, que os contaminava. Pelo menos a ele. Não pensava em resultados ruins. Era a terceira biópsia daquele tipo que fazia, nunca dera nada de mais. Não seria agora.

Entraram pela galeria com chão de pedaços irregulares de mármore, unidos por uma massa preta, e tomaram o elevador. No sétimo andar, foram direto à porta envidraçada e, em poucos segundos, estavam sentados os dois na sala de espera. Sempre aproveitavam esses momentos nas antessalas dos médicos para conversar sobre amenidades, fazer piadas, mesmo nas horas mais tensas. Tinham passado por momentos muito difíceis. Depois do câncer, enfarte — o que mais podia acontecer?

Muitos minutos transcorreram até que fossem chamados e conduzidos ao consultório, onde o assistente do médico os aguardava. Era um rapaz jovem, de óculos de aro de metal, olhos pequenos e muito azuis, que sempre os recebia quando eles iam lá, e só depois é que o outro médico, titular da clínica, aparecia. Enquanto isso não acontecia, costumavam ficar conversando, nunca sobre doenças. Os três se conheciam e se gostavam, se divertiam juntos.

Mas, assim que se sentaram, a mulher notou que o jovem médico estava um pouco menos relaxado que de costume. Riram, como sempre. Conversaram. Mas havia sobre as coisas — móveis, pessoas, palavras — uma camada fria, como o suor de gelo que se forma no metal dos congeladores quando eles recomeçam a trabalhar depois de algum tempo desligados.

A mulher se mexeu na cadeira. O médico titular estava demorando. A conversa continuava. Os olhinhos azuis se moviam, nervosos, por trás dos vidros redondos. Peixes assustados. E a mulher começou a pensar nos guppys.

Guppys eram os peixes ornamentais que seu irmão colecionava quando ela era criança. Peixes vistosos, de barbatanas compridas, com um ondular oleoso e furta-cor. Mas um dia seu irmão comprou um peixe de briga, que colocou em um recipiente de vidro, colado ao aquário principal. Esse peixe também tinha barbatanas compridas e ondulantes, mas era todo negro — e agressivo. Os demais peixinhos do aquário — aquele retângulo de águas transparentes, ao qual seu irmão se dedicava tanto —, quando chegavam junto do vidro e viam, do outro lado, o peixe escuro, fugiam, assustados. A menina ficava observando. Era curioso ver como pressentiam, através do vidro, o perigo. Pensava ver, nos olhos miúdos dos guppys, um brilho diferente. Um brilho semelhante ao que via agora nos olhos azuis do assistente.

As mãos do homem pegaram a vela vermelha, já acesa, e enfiaram no trançado de arame, enegrecido pelo fumo. O calor subia, ondulando o ar. Várias chamas de velas, colocadas lado a lado, tinham se unido em um só fogo, e a cera vermelha escorria, se reagrupava em torno do arame, formando ilhas de sangue com os mais estranhos formatos. Assim que a nova vela estava bem cravada, firme, de pé, as mãos do homem se retiraram do campo de calor.

A mulher levantou os olhos. Bem à sua frente estava a grade da igreja, a escada de pedra de quatro ou cinco degraus, por onde escoava a multidão que acabara de fazer reverência ao santo no altar, montado em seu cavalo, em tamanho natural. Os dois, homem e mulher, tinham vindo caminhando pela rua estreita, com seu multicolorido, sua agitação, cheiro de especiarias e esgoto. Eram milhares de pessoas, o vermelho nas roupas, nas bandeiras, nas velas, e o calor das chamas tornando ainda mais quente aquele dia de outono — 23 de abril, dia de são Jorge. A região, com nome de deserto, fervilhava de gente e fé. Havia pessoas chorando, em adoração. Mas havia risos também. E de um botequim a poucos metros, um casarão velho com portais de granito, vinha um som de samba.

É um pouco mais, que os olhos não conseguem perceber.

Paulinho da Viola. O samba falava da Mangueira, mas era como se descrevesse a fé, essa coisa misteriosa e bela que algumas pessoas têm dentro de si. O homem não tinha. A mulher queria ter. Às vezes tinha, às vezes não.

O médico assistente baixou os olhos na hora. Quem deu a notícia foi o outro, o dono da clínica. Tinha acabado de entrar com um papel na mão. Depois de um breve cumprimento, disse, olhando bem para eles:

— Das vinte e quatro amostras de tecido, só uma, e mesmo assim em uma área mínima, apresentou problema. É uma pena, porque é uma coisinha de nada. Mas está lá. E vamos ter de operar.

Silêncio.

Os olhos azuis do assistente se ergueram. Não olharam para

o homem, olharam para a mulher. Compaixão. Os dois médicos sabiam tudo que o casal tinha enfrentado nos últimos tempos. No espaço de dois anos, era o terceiro diagnóstico difícil que o homem recebia.

Câncer. Enfarte. Câncer. Não uma metástase, mas outro câncer, sem qualquer relação com o primeiro. E agora em uma região delicada, envolvendo questões que para ele eram — sempre tinham sido, a vida toda — cruciais.

HELOISA — **Eros e Tânatos. Freud descreveu essas duas pulsões antagônicas: a pulsão sexual, cuja tendência é a preservação da vida, e a pulsão da morte, que leva à desintegração, à destruição de tudo o que é vivo. Mas, como todo mundo sabe, elas andam juntas. São uma coisa só.**

Olharam para cima e viram aquela imensidão a ser vencida. Era mais um dia quente, parecendo verão. Três da tarde. Não podiam imaginar que estaria tanto calor e que seria tão difícil. Mas não dava para voltar atrás agora. Começaram a subir.

Os degraus eram largos, de pequena altura. Cada um subia por um canto da escada, ela apoiada na corrente central, ele no corrimão de alumínio à esquerda. Para trás, ficara o largo arborizado, com o coreto de madeira rendada, pintado de azul e branco, o prédio antigo, dos anos 1920, o chão de pedras portuguesas, com inscrições. Naquele dia o plano inclinado estava quebrado.

Iam os dois de cabeça baixa, o sol ardendo na nuca e na vista, ela de óculos escuros. De vez em quando, paravam.

Respiravam.

Olhavam para cima. Os degraus ondulando, talvez pelo calor, talvez porque fossem mesmo assim, amoldando-se ao formato da pedra. Faltava muito. Quanto mais subiam, mais longe parecia a igrejinha azul e branca que cintilava lá em cima, borrada de luz, como um brinquedo cor do céu. Na cumeeira e nas duas torres laterais, três pequenas cruzes. *Câncer, enfarte, câncer*, pensou a mulher. Mas não podia acreditar nisso. Não de novo.

O ar faltava. A mulher começou a sentir uma pressão no peito querendo subir à garganta. Por que os pensamentos ruins? O resultado da biópsia viria dali a poucos dias, e estaria tudo bem. Virou-se mais uma vez para olhar a paisagem lá embaixo. Em torno, a massa caótica das favelas, que unidas formavam uma só e imensa comunidade, aquela miríade de lajes, telhados, paredes coloridas, brancas ou nuas, no tijolo, os fios emaranhados como cabelos de um cadáver que tivesse ido dar na praia. A mulher pensava na *Casbah*, em Argel, que vira em *Pépé le Moko*, o filme com Jean Gabin. Os amigos tinham alertado, era um perigo ir à Penha. Eles não ligaram. Não tinham medo. Disso não.

Quando afinal chegaram, mal conseguiam se manter de pé. Arfavam, os joelhos cediam. Eram trezentos e tantos degraus. De perto, a igreja parecia ainda menor, com detalhes delicados nos beirais, portas, janelas, sinos e enfeites da fachada pintados de um azul-desmaiado tão exatamente da cor do céu que, recortado por trás, àquela hora, dava a impressão de ser uma coisa só.

Entraram. Não havia ninguém. Os dois pensaram ao mesmo tempo na frase de Nelson Rodrigues. Não falaram nada, mas se entreolharam e sorriram.

Deus só frequenta as igrejas vazias.

— Rezei mesmo — repetiu a mulher. — Ele foi comigo a três igrejas. E não adiantou nada.

— Não fala assim.

— É verdade...

— E por que esperar seis meses?

— Foi o prazo que o médico deu. O enfarte aconteceu há pouco tempo, não dá para operar agora. Ele disse que dá para esperar, porque o tumor é muito pequeno, e de um tipo pouco agressivo.

A amiga estendeu a mão por cima da mesa e envolveu a da mulher.

— Fica calma. Vai dar tudo certo, como tem dado até agora.

— Eu sei. Vai, sim.

— Ele tem essa capacidade incrível de superar tudo. Eu já falei para você, ele tem alma de herói.

As duas riram de novo.

RUY — Foi outro susto, sem dúvida, mas não me lembro de ter ficado deprimido. Já tinha sobrevivido a tanta coisa... Nunca fiquei deprimido. O médico explicou que era preciso fazer a cirurgia e me apresentou os dois riscos que eu corria, com probabilidades maiores ou menores, dependendo do caso — incontinência urinária e impotência. Ouvi aquilo e pensei: danem-se as probabilidades, no fim vai dar certo.

Seis meses. Mais uma vez a vida parecia acontecer para ela assim, aos pedaços, a metade de um ano sempre como uma marca a ser vencida, ou retardada, ou esquecida — ou lembrada para sempre. Seis meses fora o tempo dedicado ao tratamento do câncer de base de língua, o tempo em que ela remoera em silêncio o pavor da morte que considerava certa, antes de ter coragem de perguntar ao médico. Fora também o prazo dado pelo oncologista para que o tumor na garganta voltasse. *Nesse tipo de tumor, quando o problema tem de voltar, volta logo.* E agora, de novo, ela se via diante daquela unidade de tempo que se transformara em símbolo do medo. Uma contagem regressiva para a transformação. Não sabiam o que ia acontecer. Podia dar tudo certo — ou tudo errado. Ouviam histórias positivas, mas outras nem tanto, de final dúbio ou totalmente desastroso. Será? Não era possível, seria tão injusto com eles, ainda mais depois de tudo o que acontecera. Estavam juntos há mais de quinze anos e se gostavam muito. Não queriam que terminasse assim. Ela sentia nele uma vitalidade tão grande, uma força que até agora só aumentara ao se defrontar com a morte. *Impotência*. Seria uma maldade se isso acontecesse.

O homem estava deitado sob uma engrenagem enorme, que se movia. O movimento era tão lento, e tão dolorosamente silencioso, que a mulher tinha vontade de gritar. Fazia um grande esforço para se manter quieta, sentada na cadeira junto à cama, mas queria se levantar e sair correndo daquele quarto escuro, cheio de pressentimentos horríveis. O novo diagnóstico de câncer trouxera junto uma sombra: esse tipo de tumor pode se espalhar para outros pontos do organismo. O pulmão. Os ossos. Principalmente os ossos. Era preciso investigar.

Na cabeceira da cama havia uma tela, onde a imagem do homem, captada com toda aquela lentidão, ia surgindo. Não, não a imagem do homem íntegro, invencível — apenas seu esqueleto, feito de material quebrável. Tarsos, metatarsos, tíbia, rótulas, a mulher tentava relembrar como se chamavam os ossos, para fazer passar o tempo, mas muitos tinham mudado de nome, ela não sabia mais. Fêmur, púbis, sacro. Os ísquios. A máquina parecia não querer sair mais dali, daquela região, o ponto onde se escondia o novo medo e onde havia, ela notara, uma cintilação intensa, um brilho que estava a ponto de saltar da tela escura, como a explosão de uma supernova. A mulher não sabia o significado daquele brilho, mas não conseguia tirar os olhos dele, enquanto a máquina continuava seu caminho lento, silencioso, enervante. O homem, deitado, não via nada, a tela estava atrás de sua cabeça. Talvez tivesse adormecido.

Os segundos iam passando. Um, dois, cinco, vinte. Um minuto. Dois. A intervalos regulares, a mulher erguia os olhos, encarava a tela onde o esqueleto ia nascendo. Lembrou do conto de terror de Lygia Fagundes Telles sobre o esqueleto de um anão. As formigas que apareceram no sótão, onde as duas moças dormiam, formaram uma longa fila no chão, que acabava dentro de um baú, a caixa onde estavam os ossos. E as moças iam percebendo as modificações: o pequeno esqueleto guardado ali começava a tomar forma. Decidiram fugir, antes que o esqueleto estivesse completo. E ela, a mulher, o que veria naquela tela, quando o esqueleto dele estivesse completo? O brilho radioativo indicaria concentrações de células perigosas corroendo os ossos, ou estaria tudo bem? Tensão, terror. Mas ela não podia fazer como as moças do sótão — não podia fugir. Tinha de ficar e esperar.

O médico foi duro, não teve contemplação. Entrou na sala e foi logo dizendo:

— Apareceu uma cintilação no osso do crânio, na lateral direita, mas pode não ser nada. Como ele foi orientado a esvaziar a bexiga depois de beber o contraste, uma gota mínima de urina que tenha ficado nos dedos pode ter ido parar no cabelo. Isso acontece de vez em quando.

Crânio? Urina? Cabelo? A mulher ouvia aquelas palavras em meio a uma tontura, tentando juntar os fragmentos. O médico continuava a explicar:

— Se ele passou a mão no cabelo depois de esvaziar a bexiga, uma gotícula, qualquer mínima porção de urina, pode ter feito a contaminação. Vamos lavar a cabeça dele e refazer o exame, mas só na área da cabeça.

A mulher tornou a se sentar, já quase não sentia as pernas. Olhou para o homem. Ainda bem que o quarto estava escuro, não queria que ele visse que ela estava em pânico. Precisava a todo custo manter-se calma. E aí veio a surpresa. Assim que o médico fechou a porta, o homem olhou para ela e soltou a frase.

— Ou é mijo ou é metástase.

Nas horas mais dramáticas, ele ainda a fazia rir.

A mulher subiu a escada e ficou espiando, de longe. O homem não percebeu sua presença. Lá estava ele, escrevendo. Tirara os enfeites de cima da cômoda — a velha cômoda de madeira, no salão, onde ele guardava os filmes europeus — e agora usava o móvel como escrivaninha. Só que para escrever de pé. Era a única posição que tolerava. Passava os dias assim, de pé, escrevendo. Mais uma vez, escrevendo.

A mulher tornou a descer a escada, devagar. Não queria atrapalhar. *É como Thomas Mann*, pensou. Lera em algum lugar que, todas as noites, depois do jantar, Mann se colocava de pé atrás de uma espécie de púlpito e lia em voz alta para a família e os amigos o que tinha escrito durante o dia. E havia também outro escritor que trabalhava de pé o tempo todo. Quem era mesmo? Hemingway, acho. Ou Fernando Pessoa. Ou talvez os dois. Eram questões de método, jeito, inspiração. Mas com o homem no andar de cima não era nada disso. Ele escrevia à mão, de pé, debruçado sobre a escrivaninha — apenas para enganar a dor.

Os exames, dos ossos e do pulmão, tinham tido bons resultados. O susto do esqueleto era, afinal, apenas uma contaminação. E a cirurgia fora feita com sucesso. Isso tinha acontecido duas semanas antes.

O médico dissera que ele deveria ficar com a sonda por cerca de vinte dias. E ele, que não era de se queixar, falara para ela da dor terrível que sentia, as pontadas, a agonia, o suor frio. A faca. Agora não mais na garganta — uma dor excruciante.

Ele tentava não se mover. Procurava fazer o mínimo de movimento possível, apenas as mãos sobre o móvel, escrevendo, mais uma vez tentando se transportar para longe dali, para um lugar menos inóspito, menos terrível. A mulher às vezes passava por ele e observava, as duas pernas plantadas no chão, de costas, a sonda saindo em direção à coxa, onde estava atada à bolsa. Incontinência, impotência, terror — os fantasmas mais uma vez por ali, sobrevoando. Mas ia passar. Tudo ia ficar bem.

HELOISA — **Temos um grande amigo que, há muitos anos, fez uma cirurgia de câncer de próstata. Antes da cirurgia, alguém lhe perguntou: "Se pudesse escolher entre ficar impotente e incontinente, o que você escolheria?". E ele respondeu, sem vacilar, que preferia a impotência. Fiquei admirada ao saber disso, porque ele era conhecido justamente por dar muita importância ao sexo. Para mim, com aquela resposta, ele estava escolhendo um caminho que deveria ser, para qualquer homem, o pior dos pesadelos.**

A mão do homem pegou a caixa de isopor e retirou de dentro dela o pequeno frasco. Observou-o contra a luz, a claridade que entrava pelo vidro fosco do basculante. Depois, colocou-o sobre a bancada de mármore e pegou a seringa. Espetou a agulha através da tampa e ela penetrou no frasco, alcançando o líquido translúcido. A mão do homem virou o vidro de cabeça para baixo e puxou o êmbolo, lentamente.

Sentiu um arrepio. Respirou fundo. Por enquanto, teria de

ser assim. Mas só por enquanto. Não se deixaria vencer. Revirou o vidro e, com muito cuidado, retirou a agulha cravada na tampa. Mas, se isso acontecesse, se o problema se eternizasse, ainda assim tinha certeza de que tudo ia ficar bem. A perda não o abateria. Tinha aprendido a abrir mão de muitas coisas que lhe eram caras. Uma vida inteira dedicada a manter o controle, a não se deixar surpreender. A própria ideia de que podia superar uma perda era uma fonte de prazer. Uma busca da onipotência. *Sou mais forte do que isso*, pensava. E conseguia. Não seria diferente desta vez.

E cravou a agulha na carne.

RUY — A história é assim: um cavaleiro (Max von Sydow) volta das Cruzadas e encontra o país devastado pela peste negra. A fé dele em Deus é abalada e, enquanto ele está refletindo sobre o significado da vida, a Morte (Bengt Ekerot) surge e diz: "Chegou a sua hora". O cavaleiro, então, tentando ganhar tempo, convida a Morte para um jogo de xadrez, que vai decidir se ele vai ou não com ela. A Morte concorda, sabendo que vai ganhar. Mas o cavaleiro joga porque não tem outro jeito. Ele precisa jogar. O jogo é a única possibilidade, mesmo que passageira, de driblar a Morte.

Caminharam de mãos dadas pelas ruas estreitas, dentro daquele amontoado humano tão improvável, erigido sobre a água. Eram ruelas tão mínimas que as casas, de dois ou três andares, pareciam prestes a se tocar no alto, como se, inclinadas, quisessem observar quem passava embaixo.

De vez em quando, os dois, homem e mulher, desembocavam em pequenas praças desertas, quase sempre tendo, no centro, um poço com tampa de metal esverdeado. Todos os lugares daquela região, ruelas e *piazzetas*, eram quase intocados pelo sol, com paredes que transpiravam uma umidade de séculos. Só no alto dos casarões é que as janelas respiravam um pouco mais, com cordas e roupas estendidas de um lado a outro. Algumas ostentavam jardineiras com gerânios, mas estes nem de longe exibiam o mesmo esplendor que eles tinham visto nos vasos da grande praça principal.

Era lindo, mas opressivo. Os dias cinzentos de outono, os canais de águas escuras, quase oleosas, por onde deslizavam as gôndolas, pareciam saídos de um conto de Poe. Aquele em que uma mulher, enlouquecida de amor, joga o próprio filho da janela de um palácio, dentro d'água, como prova de sua paixão. O amante se atira na água e salva o bebê, mostrando à mulher que tinha compreendido a extensão de seu amor. Mas a história acaba mal: no fim, o amante e a mulher são envenenados pelo marido, que descobre tudo.

Veneza à beira do inverno, vazia de turistas. Triste. Linda. O lugar ideal para um suicídio. Ou um assassinato. E eles caminhando, as mãos apertadas uma na outra, sem rumo.

Mas não era uma sensação ruim — ao contrário. Perder-se naquelas ruas misteriosas era uma delícia, os dois envoltos por um sentimento de transgressão que batia na garganta. Sabiam que tinham pouco tempo. O dia morria cedo naquela época do ano, precisavam descobrir uma maneira de voltar. Às vezes, ao fazer uma curva ou virar uma esquina muito estreita, a mulher, mais impressionável, se sobressaltava. Nesses momentos, tinha a impressão exata de que eram seguidos ou observados à distância.

Até que, no fim de uma rua muito longa e estreita, com menos de três metros de largura, deram com uma loja de máscaras. Acharam estranho que ali, em uma parte tão erma e deserta da cidade, houvesse comércio. Mas pararam.

Era uma loja pequena, apenas uma porta e uma janela quadrada de moldura azul, transformada em vitrine. A mulher logo imaginou um ateliê mínimo, de máscaras feitas à mão, uma a uma, por um artesão velhinho, de barba e cabelos brancos. Um homem solitário, que viveria no fundo da loja, em um pequeno cômodo, que era o que lhe restara porque ele transformara quase todo o espaço de sua casa em comércio, para sobreviver.

Entraram.

Dezenas, talvez centenas, de máscaras estavam penduradas por toda parte. Era quase impossível caminhar ali dentro. A mulher estava certa, eram mesmo peças artesanais, diferentes das máscaras feitas em série, exibidas nas lojas mais turísticas, perto de São Marcos ou junto aos canais maiores. Havia máscaras de todos os tipos, arlequins, colombinas, palhaços, crianças, gatos. E também as tradicionais *baúttas*, parecendo caveiras de pássaros maléficos, com seus bicos enormes. Algumas máscaras eram de papel machê, outras de cerâmica, mas em todas se estampava uma expressão real, tão humana, que provocava desconforto. *Aquele artesão devia ser um gênio em sua especialidade*, pensou a mulher.

Mas onde estava ele? Não havia ninguém na loja.

Fascinados, foram entrando, até dar em uma porta que havia ao fundo, à esquerda, atrás de um biombo em decapê, todo trabalhado, com uma pintura já desbotada, mas na qual ainda era possível divisar grandes aves-do-paraíso. A mulher e o homem se entreolharam. Antes que ele pudesse dizer alguma coisa, ela empurrou a porta, que cedeu ao toque.

O aposento contíguo, onde, pelo que ela imaginara, dormia o dono da loja, não se parecia em nada com um quarto. Não tinha móvel algum, nem sequer uma cadeira. Era, todo ele, todas as paredes, do chão ao teto, forrado de estantes. E em todas as estantes havia máscaras, mas não de formatos diversos, como na parte da frente da loja — apenas as *baúttas*. Variavam de tamanho, mas todas pareciam feitas de osso, de marfim velho.

Algumas traziam frisos dourados e arabescos negros em torno do buraco dos olhos, outras eram monocromáticas. Aqueles pares de olhos mortos, acima do nariz adunco, de rapina, olharam para eles ao mesmo tempo, ou assim lhes pareceu, como se indagassem o que estavam fazendo ali e por que tinham entrado na loja sem pedir licença.

Estavam nessa contemplação muda, ambos admirados — sem medo algum —, quando um deslocamento de ar, explodindo acima da cabeça deles, os fez se abaixarem, o coração aos pulos.

Nunca souberam o que era. Não ficaram para investigar. Depois, só depois, em meio a um riso histérico, enquanto corriam de mãos dadas pelas ruas estreitas, ofegantes, comentaram que talvez fosse um morcego, ou um pássaro qualquer, aprisionado, voejando no quarto, acima deles. Em algum ponto da consciência de um e de outro, sentiam que o susto, o defrontar-se com um elemento desconhecido, desagregador do real, os deixara em um estado de excitação incomum.

Começaram a diminuir o passo, o coração ainda na boca. Encostaram-se em um muro, sentindo sua frialdade. Era recoberto de musgo, matéria verde e macia, a mulher sentiu na mão. E então viram que tinham ido parar em um largo, uma pequena praça. Ao fundo dela, erguia-se um palácio e sua torre, a bela torre redonda, de arcadas rendadas, com balaústres de mármore branco, que já conheciam de fotografia. Sabiam que lugar era aquele. O Palácio Contarini del Bovolo.

Como quase tudo em Veneza àquela hora, estava deserto. A mulher sentiu a pressão da mão do homem sobre a sua. Houve um entendimento mudo. Ela sabia que era um chamado. Subiram.

Os degraus de pedra eram estreitos no centro; a escada, em caracol. De pedra acinzentada, granito talvez. Quantos anos teriam aqueles degraus, quantos pés de quantos amantes teriam subido àquela torre, furtivos, à noite, em busca de um lugar deserto?

Os balaústres claros brotavam da pedra, não havia rodapé, e os degraus, por entre os espaços da balaustrada, se projetavam no vazio, o que, à medida que iam subindo, dava uma sensação de estarem soltos no espaço. A mulher tinha medo de altura. Apoiou a mão direita no corrimão. Sentiu uma alfinetada de gelo no ventre.

De baixo, tinham contado sete andares, mas agora parecia mais. Continuaram subindo, devagar. A cada volta da escada, e à medida que passavam a ver de cima os telhados em torno, a temperatura ia ficando mais alta. Talvez a umidade que brotava do chão, dos canais, de tantas águas aterradas para fazer crescer aquelas ruas teimosas, não alcançasse o alto da torre. Dali de cima, a cidade respirava. Havia mais luz também. O céu cinzento abrira uma fissura junto ao horizonte, sobre os telhados, deixando passar uns raios tardios de sol, e a luz dourada se espichou através do balaústre, listrando o chão de pedra do patamar onde se encontravam.

Já tinham subido uns quatro ou cinco lances. Respiraram um pouco. Ainda ofegantes, se abraçaram. A mulher sentiu o corpo quente do homem contra o dela, parecendo latejar. Olhou-o, com surpresa, nos olhos. E então, sem uma palavra, recomeçaram a subir.

Quando chegaram ao último andar, viram que o alto da torre por dentro formava um desenho geométrico, o forro do teto, em diversas águas, parecia uma estrela, uma rosa dos ventos. E no chão, bem no centro daquele último patamar, havia um totem de mármore, de ponta arredondada, se elevando imponente na direção da estrela, como um gigantesco falo.

A mão da mulher tocou de leve a superfície lisa, sentindo que o homem se aproximava, beijava sua nuca. Sentiu um arrepio, virou-se. Em um impulso, estava de joelhos. Agia em meio a um torpor, sem medo, sem susto, sem ansiedade alguma, prostrada diante do totem, fantasia, sonho, não sabia — não importava mais.

Melhor assim, não conhecer os limites.

SÉTIMO SELO

Cérebro

No ano seguinte, nenhum horror aconteceu. E nem no outro, nem nos que se seguiram. Quatro anos virgens, intocados, quatro anos em que o homem pareceu viver em meio a uma felicidade quase patológica, de tão forte. E aquela calmaria começou a inquietar a mulher. Sabia que, para não ser surpreendida, devia continuar alerta, os sensores abertos, captando todos os sintomas, todos os sinais, mesmo os mais secretos. Precisava ter o controle ou pelo menos tentar.

Era como nos aviões. Ela não gostava de se saber entregue, sem qualquer poder de decisão. Era isso, e não a claustrofobia, o que lhe dava medo ao voar. Assim, sentava-se na janela, observava tudo, todos os gestos, os olhares das comissárias, os ruídos do motor, o céu lá fora. Queria ter a ilusão do controle. Detestava os voos internacionais diurnos, em que era obrigada a baixar as persianas das janelas. Se alguma coisa saísse errada lá fora, ela não saberia. Era ilógico, claro, mas era como precisava ser.

E agora essa felicidade, esse não acontecer: nenhum susto, nenhuma doença. Quatro anos. Talvez os terrores secretos se acumulassem em algum ponto do universo, para atacar de uma só vez. E ela não sabia como fazer para se precaver. Devia então estar alerta, pelo menos isso. Prestar atenção em tudo. Não relaxar nunca. A felicidade era dele, não dela. A ela cabia o serviço sujo — vigiar o lobo.

Abriu os olhos. No mesmo segundo, estava completamente desperta. E, junto com a inteireza dessa lucidez, veio a sensação de morte. Uma pressão no peito, uma dor, o ar que faltava. Já conhecia isso, não ia morrer, não acreditava que fosse morrer. Ou ia?

Talvez fosse real dessa vez. Talvez agora não houvesse engano, nem síndrome do pânico, nem pavor. Sentou-se na cama, abriu bem os olhos. Se era verdade, queria encarar a morte nos olhos. A pressão continuava. Abriu a gaveta da mesinha de cabeceira, tirou a caixa de remédio. Tentava não tomar todas as noites, mas às vezes não havia como evitar.

Pensou, com raiva, na mulher que vira de tarde, em uma galeria. Reparara bem nela: a cabeça raspada, a cor acinzentada de quem está fazendo quimioterapia. Aquela mulher tinha câncer, não havia dúvida. No entanto, ali estava ela, diante do quiosque de chocolates, feliz da vida, conversando e saboreando uma torta com cobertura. *Ela não tinha medo*. Sabia viver com a possibilidade da própria finitude, da própria aniquilação. Não estava paralisada, trancada em um quarto escuro, gemendo de horror — como ela própria estava agora.

Detestava sentir medo. Vinha sentindo-se assim nos últimos meses, e à noite era sempre pior. À noite, despertava tremendo, suando frio, com o coração ameaçando saltar do peito. Mas, ao pensar nos aviões, achou que talvez estivesse começando a compreender. Porque, à noite, ela dormia. E, quando estamos adormecidos, não temos o controle.

* * *

É à noite que eles agem, quase sempre. Pode ser de dia também, mas desde que as pessoas estejam dormindo. Se elas adormecem, mesmo que por apenas alguns segundos — não importa —, eles tomam conta. Apossam-se do corpo. Quando a pessoa acorda, não é mais ela mesma. É um alienígena. *Vampiros de almas*.

Invasion of the Body Snatchers — era como se chamava o filme em inglês. O homem sabia a ficha técnica de cor: filme de 1956, direção de Don Siegel. Kevin McCarthy fazia o papel principal, do médico, que se chamava dr. Miles. Era um clássico da ficção científica. Pena que já estava quase acabando.

Tinham ligado no canal de filmes por acaso, só para passar o tempo, enquanto o homem acertava o velho carrilhão que pertencera a seu pai e que ficava na salinha de televisão. Eram quase sete da noite, domingo de Carnaval, os blocos estavam nas ruas. A mulher tinha pensado em dormir um pouco para, à noite, assistir ao desfile das escolas de samba na televisão. Mas, ao ver o filme que estava passando, os dois decidiram se sentar no sofá para ver até o fim.

Escondidos na caverna, o médico, dr. Miles, e a mulher que o acompanhava tentavam escapar. Estavam exaustos, mas sabiam que não podiam adormecer. Uma pequena distração, um cochilo — e *eles* entravam.

Eles cochilo. Pequena entravam. Estranho. As palavras pareciam distração. Ochilo. Travam. Em eles. Dentro. Eles estavam *dentro*.

Veio a cena final. O filme acabou. No fim, dá tudo errado. Os alienígenas vão vencer. Dr. Miles sai correndo pelas estradas, gesticulando para os carros que passam, tentando avisar, mas ninguém presta atenção. Nem a ajuda da polícia vai adiantar. A mulher desligou a televisão e olhou para o homem, que estivera calado nos últimos minutos. Ele olhou de volta. Parecia surpreso.

— Eu não estou conseguindo falar direito — ele disse.

— O quê?? — A voz da mulher saiu uma oitava acima do que ela pretendia.

— As palavras estão sentadas.

...

— Viu? Eu queria dizer *trocadas*. Elas estão trocadas dentro da minha cabeça.

A mulher se levantou, cada célula do corpo em alerta máximo.

— Você não está conseguindo falar direito??

O homem concordou com a cabeça.

O horror, o horror.

Como nos filmes, tudo aconteceu muito rápido. Uma sucessão de cenas, com cortes bruscos, imagens se sobrepondo umas às outras em alguns momentos. A mulher pedindo ao homem, com uma frieza espantosa, que fizesse duas coisas imediatamente: vestisse uma camiseta (estava de peito nu); e ficasse sentado. A mulher pegando o celular e telefonando, telefonando, para o médico vizinho deles no prédio, para um oncologista amigo, para um hospital em Copacabana. Ninguém estava, ninguém atendia, era Carnaval. A mulher ligando para a portaria, pedindo ao porteiro que telefonasse para a ambulância dos bombeiros. A mulher enfiando um vestido, calçando chinelos, pegando a bolsa. A mulher voltando à sala e perguntando ao homem como ele estava, apenas para vê-lo fazer sinais com as mãos: um sinal pedindo que esperasse e, depois de alguns segundos, um sinal dizendo que não. *As palavras estão sentadas*. As palavras não saíam mais. A mulher recomeçando a digitar no celular, tentando alcançar um médico, *qualquer médico*. *O número digitado está fora de área ou desligado.* A mulher ligando outra vez para o porteiro, ouvindo que o telefone da ambulância dos bombeiros não respondia. E, se respondesse, será que conseguiriam chegar? Os blocos estão todos na rua. A mulher voltando à sala, voltando à poltrona junto à janela onde o homem estava sentado, de sunga, descalço, com sua camiseta azul-marinho. Mudo. Olhando para ela. A mulher encarando aquele olhar por um segundo, até ver explodir diante de si o pesadelo dos pesadelos, aquele que por quatro anos fora gestado em silêncio, que esperara um momento de distração, de relaxamento, para atacar, e que agora se apresentava com uma crueldade nunca vista. A fera que ela tanto temera, enfim, materializada, tornada corpo e sons.

Depois, ela não saberia dizer o que aconteceu primeiro. Foram as duas coisas ao mesmo tempo, talvez. Diante de seus olhos, sentado na poltrona, o homem se crispou, seu corpo chicoteou para trás com uma violência impensável, pernas e braços se esticaram e se retorceram. E, no mesmo segundo, veio o som: um som gutural, um ronco ameaçador, mas também de desespero, como o de um animal feroz que se sabe ferido de morte. Olhos esgazeados, uma espuma de sangue no canto da boca.

Ele está morrendo, ela pensou.

Gritou o nome dele, correu pela sala, gritou da janela, pediu socorro. Abriu a porta da frente, tentou chamar os vizinhos — não havia ninguém. Voltou ao homem, chamando seu nome, mais uma vez. O lobo continuava ali, agonizando, crispado, os braços retorcidos para trás do tronco, as pernas esticadas, um arco sobre a poltrona, urrando, urrando.

A mulher correu de novo até a cozinha, tornou a ligar para

o porteiro e, aos gritos, disse a ele que fizesse alguma coisa, qualquer coisa, mas que fizesse rápido. Ele vai morrer! Que arranjasse alguém, o outro porteiro, qualquer um, pessoas na rua, e que subissem para pegá-lo e levá-lo dali. Vamos no meu carro, disse, só preciso de alguém para dirigir. Eu não posso. Eu não consigo.

O outro porteiro estava bêbado, mas veio assim mesmo. Trouxe o filho. O porteiro que a atendera também veio. E, junto com eles, um rapaz alto, louro, que a mulher nunca vira, vestido apenas de short, com um chapéu de bloco de Carnaval na cabeça.

Conseguiram levantar o homem, colocá-lo em uma cadeira e entrar no elevador com ele. A mulher não viu nada disso. Estava correndo de um lado para o outro, dentro de casa, procurando os documentos dele, que não encontrava. Afinal achou. Desceu.

Ao chegar lá embaixo, o homem já fora colocado no banco de trás de um carro que estava na porta da garagem e que não era o seu. Soube depois que era o carro do filho do porteiro, que estava ao volante. Na rua, diante do prédio, havia uma aglomeração, pessoas curiosas. E, ao fundo, os tambores, as marchinhas. Teriam de vencer a multidão.

Foram para um hospital público, porque era o que ficava mais perto. Avançaram os sinais, ela no banco do acompanhante, paralisada. O porteiro bêbado no banco de trás, com a janela aberta, batendo a mão na lataria do carro e gritando *Emergência! Emergência!*, para que as pessoas saíssem da frente. O homem deitado, com a cabeça no colo do porteiro. Continuava se retorcendo. E urrando.

O filme se acelerava. Na porta do hospital, assim que o carro parou, surgiram pessoas de todos os lados, médicos, enfermeiros, curiosos, ela não sabia, tudo girava, as imagens borradas, um frenesi. Tiraram o homem do carro, o colocaram em uma maca e desapareceram com ele por uma porta lateral, enquanto mandavam que ela fosse pela entrada principal para fazer a ficha.

Mas ela ouviu quando alguém, um médico ou um enfermeiro, depois de ver o homem, falou em voz alta:

— O que será que ele bebeu? Ou cheirou?

Depois de apresentar os documentos e fazer a ficha, a mulher subiu as escadas em direção à sala de emergência. Do térreo, ouvia os urros do homem no andar de cima. No meio do caminho, ela tropeçou, caiu, levantou-se, uma dor fina se espraiando pela perna inteira.

Mancando, louca de dor, chegou ao segundo andar. Observou a própria perna, a pele já começava a ficar escura. Entrou pela porta indicada — a sala de emergência de um hospital público em um domingo de Carnaval: dezenas de camas, todas ocupadas, muitas pessoas com ataduras, muita gente gemendo, gritando, algumas ainda vestindo sua fantasia. O homem estava lá, em cima de uma maca, todo amarrado, o braço direito junto ao corpo, o esquerdo retorcido para cima, atado à cabeceira de alumínio.

Ela se aproximou. Ele parecia mais calmo agora, não urrava — apenas gemia. Estava consciente. Com a voz fraca, pediu a ela que, por favor, desamarrasse o braço dele. Ela implorou, os médicos atenderam.

Na mesma maca onde estava, o homem foi levado para a sala de ressonância. Caso fosse constatada uma hemorragia cerebral, ele teria de ser operado imediatamente. A mulher foi com ele. Caminhava ao lado da maca, como um autômato. Sua única conexão com o mundo era a dor fina na perna, que latejava.

Quando a ressonância acabou, voltaram para a sala de emergência. O homem continuava consciente, mas falando baixinho, parecendo muito fraco. E se queixando de dor no braço que fora amarrado. Depois de alguns minutos, entrou na sala uma neurocirurgiã, muito jovem, e chamou a mulher. Não havia hemorragia no cérebro, explicou. Era uma notícia boa.

— Mas eu não vou mentir para você — disse. — Ele corre risco de vida.

A mulher ouviu aquela frase com uma sensação de alívio. Durante alguns momentos, tivera tanta certeza de que ele *estava morrendo*, que a expressão "risco de vida" era um avanço. A médica continuou suas explicações:

— Ainda não sabemos o que provocou a convulsão. Pode ter sido um trombo que se deslocou. E pode acontecer de novo, a qualquer momento. Pode haver um derrame. Outro trombo pode se deslocar para o coração e provocar um enfarte. O estado dele é muito grave.

Depois que a médica se afastou, a mulher ficou quieta, esperando, observando o homem na maca, os olhos semicerrados. Conseguiu falar ao celular com um médico amigo, que providenciou a internação dele em um hospital particular. A transferência seria em um CTI móvel.

A ambulância chegaria a qualquer momento. Passava da meia-noite, as ruas estavam se esvaziando. Tudo ia dar certo. Ele não parecia ter nenhuma sequela. E ela começava a relaxar um pouco.

Estava olhando em torno, sua atenção pulando de um para outro paciente nas macas. No instante em que seus olhos se fixaram em uma garota prostrada, certamente por coma alcoólico, e que ainda usava anteninhas de abelha na cabeça, nesse exato instante a mulher ouviu a gargalhada.

Baixou os olhos para o homem na maca. Era ele que estava rindo — uma gargalhada sem sentido, de teatro, de circo. Ou de filme de terror.

— Por que é que você...

A frase ficou no ar. Ela acabara de ver o olhar dele, olhos esgazeados, opacos — mortos. Ele se crispou. Recomeçou a urrar como antes. Estava tendo outra convulsão.

Pode acontecer de novo, a qualquer momento. Um novo trombo podia se deslocar, provocar uma hemorragia ou um enfarte, dessa vez fatal. Médicos e enfermeiros acorreram quando ela gritou. A mulher se afastou, encostou-se na parede, tomada por uma calma estranha.

HELOISA — **Em algumas pessoas, as convulsões cerebrais se manifestam através de uma gargalhada histérica, incontrolável, um riso vazio. A neurologista me explicou. Eu nunca tinha ouvido falar disso.**

O homem foi aos poucos recomeçando a mover o rosto, as mãos, a piscar os olhos. A mulher falou com ele, perguntou alguma coisa. Ele respondeu. Estava consciente outra vez. Fosse o que fosse que tivesse provocado aquele curto-circuito em seu cérebro, parecia ter sido algo passageiro. Ele recomeçou a falar. Agora, sim, aquele era ele. Cansado, fraco, queixando-se de uma dor horrível no braço esquerdo — mas era ele.

A neurocirurgiã voltou, fez alguns testes e constatou que ele conseguia atender a comandos: mexer a mão direita, a mão esquerda, a perna direita, a perna esquerda. Parecia não haver nenhuma sequela motora. A transferência dele seria autorizada.

Mas só quando chegaram ao hospital particular foi que descobriram a fratura no ombro. Depois, os médicos deduziriam o que tinha acontecido: a primeira convulsão fora tão violenta, a contração dos braços tão feroz, que o ombro fora deslocado, tirado do lugar. E, provavelmente durante a transferência de carro, ou mesmo ao ter o braço atado à maca, a cabeça do úmero fora esfacelada, partida em vários pedaços.

RUY — Tive de botar uma prótese de titânio e cobalto. Depois disso, nunca mais consegui levantar o braço esquerdo a mais de quarenta e cinco graus. E passei a apitar no raio-x dos aeroportos (*risos*).

Assim que o homem foi internado no CTI do hospital particular, a mulher foi em casa buscar os remédios dele, algumas roupas, mais documentos. Foi sozinha. Pediu que o táxi a esperasse na porta e subiu. Era madrugada.

Quando abriu a porta, ficou parada, olhando a sala, antes mesmo de acender a luz. Era um cenário de luta. Cadeiras reviradas, um abajur com a cúpula torta, um cinzeiro no chão. A poltrona que recebera o homem-fera estava a vários metros de seu lugar original, perto da janela. Havia papéis em cima da mesa, uma toalha jogada. E, a um canto da sala, perto do sofá, um par de chinelos grandes, de cor verde, com uma bandeirinha do Brasil.

A mulher chegou mais perto, ficou observando aqueles chinelos. Nunca os tinha visto. Lembrou-se, então, do rapaz louro, alto, com o chapeuzinho do bloco de Carnaval, que entrara para ajudar. Na certa eram dele. A mulher não ficara sabendo seu nome, talvez nunca mais o reencontrasse. Nunca teria como agradecer nem como lhe devolver os chinelos. Essa constatação a comoveu. Mas não chorou — ainda. Alguma coisa dentro dela parecia transformada em pedra.

— Pois é: fui para o hospital nos braços dos foliões.
O homem disse a frase com o sorriso aberto. A mulher teve

de rir também. Era impressionante a capacidade dele de brincar, sempre. Estavam no CTI do hospital, ele todo ligado a fios, eram sete da manhã. Apenas doze horas tinham transcorrido desde a primeira convulsão. E ele, sabendo que a mulher voltaria em casa, pediu: queria que ela trouxesse as provas de seu novo livro, que estava revisando. Ia aproveitar o hospital para trabalhar.

Sherazade. Mais do que nunca, Sherazade. Ele estivera a ponto de morrer, sua mente fora atacada — a mente, o elemento mais crucial na composição daquele homem que às vezes parecia invencível — e ele pensava no livro.

O trabalho. A palavra. O prazer. Suas grandes armas contra a morte.

Nos dias seguintes, o homem foi submetido a muitos exames. Uma punção na coluna, ressonâncias, tomografias, um eletroencefalograma que durou seis horas. As hipóteses — todas terríveis — para explicar as convulsões foram sendo afastadas. Entre elas, um tumor no cérebro, uma metástase tardia do câncer na garganta. Nada foi descoberto. Nada foi constatado. O homem, que tinha superado tantas coisas, que fora atacado em tantos flancos, ficou sem saber que força misteriosa era aquela, que entidade alienígena vencera seu bastião até então impenetrável — a mente.

Os médicos, por eliminação, atribuíram as convulsões a uma encefalite, provocada por vírus. Seres microscópicos, invisíveis, desfazendo os circuitos, apagando as luzes, disparando gargalhadas assombradas. Vampiros de almas.

À noite, com as luzes da casa quase todas apagadas, as amendoeiras da rua projetavam sombras moventes no teto da sala. Apenas um abajur estava aceso, uma bola de vidro dos anos 1960 que ficava embaixo da escada. Os dois, homem e mulher, estavam sentados junto à janela, conversando. Os dois gatos estavam por perto, como sempre. O preto e branco no chão, a amarela em cima do sofá. Era mais de meia-noite.

Aquele momento era para eles um ritual. Depois de assistirem a um filme ou ao chegarem da rua, apagavam todas as luzes — menos a do abajur de bola — e se sentavam para conversar um pouco, antes de ir para a cama. Era uma espécie de resumo do dia, uma súmula, um cúmulo. Sempre tinham o que conversar — mais de vinte anos de convivência e nunca faltava assunto. Falavam sobre tudo.

A mulher ficou olhando para o homem, sentado na poltrona, falando. Ele sempre se sentava ali, naquele lugar, de costas para a janela. A mesma poltrona onde tremera de febre um dia. A mesma poltrona onde a fera se manifestara.

Ela ouvia o que o homem dizia, e sorria, fazia comentários. Mas uma parte de sua mente vagava, pensando em tudo que acontecera. Os momentos em que, de um jeito ou de outro, ele se defrontara com a morte, sentara-se com ela, face a face, diante das peças de um tabuleiro de xadrez. Sete selos, era como ela chamava. Sangue, nariz, fígado, língua, coração, sexo. E, por último, o lance mais difícil: o ataque a seu órgão mais ativo, àquele que o fazia escrever, rir, ser ele mesmo — o cérebro.

Nas primeiras semanas depois da convulsão, o homem apresentara lapsos, esquecimentos. A mulher se assustara. Às vezes, ele recebia um telefonema ou um cartão de um amigo, fazia comentários comovidos, e no dia seguinte, quando a mulher falava do assunto, olhava para ela com uma interrogação nos olhos. Era assustador. Ele vencera todas as batalhas com as forças que emanavam de sua mente, o humor, o culto ao prazer. A palavra. E agora?

Mas, com o passar do tempo, os lapsos foram desaparecendo. Apenas o período de algumas horas depois da convulsão é que permaneceu como um grande buraco negro em sua mente. Um lugar escuro. De certas coisas acontecidas no hospital, ele nunca mais iria se recordar. Fora tudo apagado. Era normal, os médicos disseram.

Menos de um mês depois de sair do hospital, ele já estava trabalhando no ritmo de sempre. Escreveu vinte textos para uma produção de vídeo, compromisso assumido antes de ficar doente. E isso enquanto continuava a revisão do novo livro. Agora, quase um ano transcorrido, a mulher tinha certeza de que estava tudo bem.

Ela se ajeitou na poltrona, olhou as amendoeiras lá fora. A rua estava silenciosa. De repente, o homem disse alguma coisa e as palavras se misturaram a uma gargalhada. Por um segundo, a mulher pensou escutar naquele riso o eco da risada assombrada que ouvira no Carnaval.

E não pôde deixar de pensar no que viria (e se ainda viria), no próximo susto — o selo secreto, cuja marca permanecia escondida sob esse manto escuro que é o futuro.

Qual seria a oitava marca?

Bobagem. Ela própria dissera para ele, dias antes, quando falavam do filme de Bergman:

— O oitavo selo é a vida.

Falara brincando, mas ele riu, dizendo que era isso mesmo.

Para que ficar pensando? Sabia que esse era um exercício inútil, do qual precisava fugir. Insistir nele seria chamar o lobo de volta. Tomou o homem pela mão. Era hora de deitar.

ESTA OBRA FOI COMPOSTA PELA SPRESS EM ELECTRA E IMPRESSA EM OFSETE
PELA GRÁFICA PAYM, SOBRE PAPEL PÓLEN NATURAL DA SUZANO S.A.
PARA A EDITORA SCHWARCZ EM JANEIRO DE 2025

A marca FSC® é a garantia de que a madeira utilizada na fabricação do papel deste livro provém de florestas que foram gerenciadas de maneira ambientalmente correta, socialmente justa e economicamente viável, além de outras fontes de origem controlada.